海外儿女
赤子情

刘未鸣 韩淑芳 主编

中国文史出版社

目 录

拳拳赤子心　殷殷报国情

——怀念我的爷爷司徒美堂

司徒月桂 口述　杨玉珍 采访整理

　　2018 年是我的爷爷司徒美堂诞辰 150 周年。廖承志曾说：司徒美堂"所走的道路反映着国外爱国侨胞自鸦片战争以来所走过的道路"。爷爷漫长、坎坷、曲折而且颇富传奇色彩的一生，是海外爱国华侨的一个侧面，值得我们后辈永远铭记和怀念。

出身贫苦 赴美讨生活

　　1868 年 4 月，爷爷出生在广东省开平县赤坎镇牛路里村一个农民家庭，他在家里排行第五。在他很小的时候，父亲就去世了。6 岁时，母亲送他到私塾读书，后因家庭困难，无法再供他继续读下去，10 岁时被送到一个木匠那里去当学徒。

　　学徒的生活很苦很累，每天忙得晕头转向，辛苦不说，还要挨师父的打骂，而且根本没有时间看书，这是爷爷最不能忍受的。有一次他回家看望母亲，见到一位从美国回来的华侨，在一起聊天的时候了解到了美国的情况，于是萌生了去美国打工的念头。在他的再三央求下，母亲向别人借了几十元钱，给他买了一张下等舱的船票，之后他只身一人前往美国。

初到美国，爷爷受到了美国流氓与种族歧视者的侮辱和袭击，这种屈辱经历在他的心里留下了难以磨灭的印象。爷爷说："踏上了美国的国土，上岸时手拿粗布袋，穿着中国的土布衣服，脖子上围着一条大辫子，蓬头垢面，形容枯槁。脚刚踏上码头的土地，就被美国流氓用马粪、烂西红柿等脏东西抛了一身。"也正是这种遭遇，让爷爷立志要为华人争光，要让外国人不敢再欺负中国人。

聘罗斯福当法律顾问　资助孙中山的革命活动

爷爷早年在美国的生活很艰苦。他最初在旧金山市的一家中国餐馆里当厨师，后来当过"保姆"替主人照料孩子，还当过海员、小商贩。18岁时，他加入了美洲洪门致公堂，1905年，他在纽约成立安良总堂并担任总理。安良堂是致公堂的分支之一，目的和致公堂一样，都是为了保护在南美和北美华人的合法权利以及改善他们的福利。爷爷聘请罗斯福担任美国纽约洪门安良堂法律顾问近10年，彼此建立了深厚的友谊（罗斯福当选美国总统后，爷爷发动侨胞向美国政府请愿，促成美国国会取消了排华法案）。

1904年，孙中山到全美各埠游历演讲并筹集革命活动经费，在此期间，爷爷结识了孙中山，并逐渐了解了他的民主革命宗旨，之后他积极支持孙中山领导的国内革命斗争。孙中山一到旧金山就被扣下不许上岸，是爷爷和黄三德、阮本万等人费了很多周折，借了几千美元，请律师才把他救上岸。后来，孙中山在爷爷家里住下，爷爷每天早上要出去卖肉，回来要给孙中山做饭，晚上两人促膝谈心。这半年中，爷爷既是孙先生的房东，又是他的厨师和保镖。爷爷还把自己从孙中山那里懂得的革命道理向华侨宣传，并募集资金，帮助孙中山从事革命活动。1912年前夕，孙中山准备回国就任中华民国临时大总统，因缺乏旅费无法成行，又是爷爷和几位洪门兄弟为他筹足旅费，送他顺利回国。孙中山当了大总统之后，请他回国出任监印官，爷爷以"我不会做官"婉言谢绝。

以年迈之躯，为抗战募捐几千万美元、几十架飞机

爷爷虽身在美国，但一直关注着祖国的前途和命运。抗战爆发后，爷爷已经60多岁了，但他不顾年事已高，积极投身到抗日救亡运动中。

"九一八"事变爆发后不久，他就召集洪门兄弟开会，表达抗日的决心，还主动向堂斗的对手协胜堂认错，要求在海外的中国人不要再内斗，团结起来一致抗日。之后，致公堂内部结束了长期堂号林立、互不团结的局面，过去的门户之见为挽救中华民族危亡而"涣然冰释"。

淞沪抗战爆发后不久，爷爷联合纽约各侨团组织成立了"纽约全体华侨抗日救国会"，开展抗日救国活动，这是海外华侨成立最早的抗日救国团体之一。1932年2月初，爷爷在安良堂主持召开了干事会，作出三项决定：一、以致公堂名义呼吁支持在上海坚持抗日的中国军队；二、迅速成立洪门筹饷机构，发动募捐；三、组织华侨青年航空救国。会后，在纽约唐人街几乎天天有个人和团体拍电报支持坚守在上海的中国军队；各社团纷纷派专职人员办理捐款捐物的工作；致公堂组织侨校的学生到街上宣传抗日，进行募捐活动；一批批华侨飞行员和航空技术人员相继回国。

爷爷为抗日救国所作出的辛勤努力，正如后来《华商报》社论的评

价："司徒美堂在'九一八'事变发生以后，即为主张抗日最坚决的一人，当时并主张取消党治，以团结各党派共组抗战政府，同时在美发起全美华侨抗日救国会，提高侨胞民族意识，尽力筹集款项，督促并协助政府抗战。其目光的远大与爱国的忠诚，可以概见。"

全面抗战爆发后，爷爷更是以身作则、竭尽全力投身于祖国的抗战事业，成为美洲华侨抗日救国活动的一位重要带头人。

七七事变的消息传到美国后，纽约华侨当即成立救济总委员会。在该会的19名执委中，爷爷是年龄最大的一位，当时已近70岁。该组织的任务是对整个华侨社会进行总动员，监督和协调一切爱国活动，特别是筹款和宣传活动。在该组织的发动和领导下，纽约市区每月参加各种救国活动的华侨达3万多人次。纽约华侨抗日救国活动进一步高涨，有力地影响和带动了全美国乃至整个美洲华侨社会。

为使广大侨胞尽最大努力从财力上支援祖国抗战，爷爷发动纽约和美东地区华侨于1937年10月成立了"纽约全体华侨抗日救国筹饷总会"（简称"筹饷总会"）。该会在成立宣言中，号召华侨"毁家纾难"，"一致团结，出财出力来援助祖国抗战"。为集中精力从事抗日救国工作，爷爷辞去了其他一切职务，专门负责"筹饷总会"的工作。五年之中，他每天上午10时开始工作，直至深夜结束，每天工作十三四个小时，风雨不误。

从"九一八"事变到抗战胜利，美洲华侨开展抗日救国活动长达14年。据统计，此期间美洲华侨为祖国捐款总额达6900多万美元，其中美国华侨捐款5600万美元，仅纽约"筹饷总会"募捐即达1400万美元。美国华侨为祖国抗战捐献飞机50架，捐献各种车辆数百辆，回国参战的华侨青年近千人，其中大多数参加了中国空军。爷爷是当时纽约地区为祖国捐款最多的17名华侨之一，他领导的安良堂是纽约华侨社团为祖国捐款最多的一个侨团。

爷爷及其领导的"筹饷总会"还与宋庆龄在香港领导的"保卫中国大同盟"进行秘密联系，将美洲华侨的部分捐款资助中国共产党领导的八路军、新四军。美洲华侨尤其是美国华侨为祖国抗战作出的重大贡献，与爷爷司徒美堂的带动与领导有密切关系。正如中共在重庆的《新华日报》对司徒美堂所评价的那样："抗战以来，他领导旅美侨胞作热烈捐献活动，成绩斐然。"

毛泽东写信邀请他回国参加新政协

1948 年 4 月 30 日，中共中央发表了纪念"五一"劳动节口号，号召召开新政协，成立民主联合政府。"五一口号"迅速得到全国人民和各界的热烈响应，各民主党派也纷纷发表声明，积极支持中国共产党的主张。

1948 年 8 月 12 日，爷爷在香港的建国酒店召开记者招待会，向《华商报》《大公报》《华侨日报》《工商日报》等十多家报社的记者发表了国是主张，表示拥护"五一"口号。这是他 1946 年自美国回国，拒绝参加国民党单方面擅自召开的"国民代表大会"，愤然来港、隐居多时之后，用美洲洪门致公堂的身份首度公开发言，他说："来香港 9 个月，国内形势大变，谁为爱国、谁为祸国殃民已经一目了然。我虽老迈，但一息尚存，爱国之志不容稍懈，出国族于危亡，救人民于水火者，则热诚祝之。中国为四亿五千万人民之中国，非三五家族所得而私，必须给人民以民主自由。"

1948 年 10 月 23 日爷爷返美前夕，中共华南分局连贯同志设宴为他饯行。席间，爷爷亲书"向毛主席致敬书"，表示衷心接受中国共产党领导，向"出斯民于水火的毛润之先生致敬"，并郑重表示"新政协何时开幕，接到电召，当即回国参加"。

1948 年底到 1949 年初，中共地下党根据党中央的指示，秘密护送在香港的众多民主人士离港北上到解放区筹备新政协的召开。爷爷当时还在美国，没有来得及同行。毛泽东亲笔写信给爷爷，邀请他回国参加新政协。

司徒美堂先生：

去年 10 月 23 日惠书，因交通阻梗，今始获悉。热情卓见，感佩殊深。中国人民解放斗争日益接近全国胜利，召开新的政治协商会议，建立民主联合政府，团结全国人民及海外侨胞的力量，完全实现中国人民的独立解放事业，实为当务之急。为此，亟待各民主党派、各界民主人士共同商讨。至盼先生摒挡公务早日回国，莅临解放区参加会议。如旅途尚需时日，亦祈将筹备意见先行电示，以利进行。谨电欢迎，并盼赐复。

毛泽东

1949 年 1 月 20 日

由于交通阻梗，爷爷在 1948 年 10 月写给毛泽东的信，毛泽东在第二年 1 月才收到。收到信后，毛泽东立即给爷爷回了信，邀请他回国参加新政协会议。

但由于远隔重洋，毛泽东的邀请信件转到爷爷手中时，人民解放军已打过长江，占领了南京、上海等地，国民党南京政府已宣告灭亡。毛泽东这封真诚的邀请信，让 81 岁的爷爷读了之后心情十分激动，他立即准备动身回国参加新政协会议。

爷爷要回国的消息传开后，他的朋友们对此议论纷纷，致公党和安良堂的弟兄对此亦有分歧。定居在美国的孔祥熙为了阻止他回国，特地前来拜访，劝他要"慎重考虑"，不要受人利用，留在美国，生活不必过虑等。爷爷力排众议，表示"忠诚爱国、义气团结、侠义锄奸乃我洪门精神。现今举国民主进步团体及代表会聚北平，与中共共商建国大计，如此国家大事，我洪门焉有逃避不参与之道理?"他恐事久生变，于 8 月 9 日坐飞机离开侨居近 70 年的美国，8 月 13 日抵达香港启德机场。

回国以后，爷爷受到了毛泽东、周恩来等中共领导人的热烈欢迎和盛情款待。爷爷由于年事已高，腿脚不方便，去中南海开会，汽车不能开到会堂门口，周恩来就指示政协大会秘书处为爷爷特制了藤椅，由工作人员抬着走（相当于轿子）。爷爷非常感动，把这张藤椅称为"特赐金銮殿乘舆"，还专门坐在藤椅上拍照留念。开会时正值秋冬，北平天气十分寒冷，由于爷爷从美国匆匆归来，所带御寒衣物不足，毛泽东和周恩来对他关怀备至，特意嘱咐工作人员去北京前门瑞蚨祥商号为他定制了一件名贵的黑色水獭领狍皮大衣，这件大衣一直被爷爷视如珍宝（现藏于广东开平华侨博物馆）。

爷爷回国后积极投入到新中国成立前的一系列会议和准备活动中，在会上，他代表海外华侨积极发声，提出国是主张，也就一些重要问题发表了自己的意见。

1949 年 9 月 25 日深夜，爷爷在下榻的北京饭店收到一封由周恩来和林伯渠联名邀请的请柬，邀请他 26 日中午到东交民巷六国饭店参加午宴，同去的有二三十位，都是 70 岁上下的老人。午宴由周恩来主持，他说："今天请来赴宴的，都是辛亥革命时期的长辈……我国有句老话，叫做'请教长者'，今天的会就是如此。在讨论文件时，各位看见国号

'中华人民共和国'之下，有一个简称'中华民国'的括号。这个简称，有两种意见，有的说好，有的说不必要了。常委会特叫我来请教老前辈，看看有什么高见。"在黄炎培、何香凝、周致祥发言后，爷爷激动地站起来，要求发言。他说："我没有什么学问。我是参加过辛亥革命的人，我尊敬孙中山先生，但对于'中华民国'四个字，则绝无好感。理由是中华'官国'，与'民'无涉。22年来更被蒋介石与CC派弄得天怒人怨，真是痛心疾首。我们试问，共产党所领导的这次革命是不是跟辛亥革命不同？如果大家认为不同，那么我们的国号应叫'中华人民共和国'，抛掉'中华民国'的烂招牌。国号是一个极其庄严的东西，一改就得改好。语云：'名不正则言不顺，言不顺则令不行。'仍然叫做'中华民国'，何以昭告天下百姓？我坚决反对什么简称，我坚决主张光明正大地用'中华人民共和国'的全称。"爷爷的这番话，言之成理，掷地有声。他一说完，大厅里顿时响起一阵热烈的掌声。最后经过主席团的决定，新中国取消了"中华民国"的简称，而使用"中华人民共和国"的全称。

1949年10月1日，爷爷登上了天安门城楼，亲耳聆听了毛泽东主席向全世界发出的庄严宣告："中华人民共和国中央人民政府今天成立了！"他亲眼看到了五星红旗在庄严的国歌声中冉冉升起，激动得热泪盈眶。

定居祖国　参政议政

中华人民共和国成立后，爷爷当选为中央人民政府委员、全国政协委员、全国人大常委会委员、全国华侨事务委员会委员等。

当初爷爷奉邀回国出席新政协会议，并无被选为中央人民政府委员、长住北京当官的打算。会议结束后，爷爷对秘书司徒丙鹤说："阿鹤,我们准备回美国、香港去吧。"并说:"辛亥革命后孙中山叫我做官,我没做,我不会做官。现在政协大会已经开完,我的任务完成了。"周恩来得知后,极力挽留。他恳切地对老人说:"现在只是万里长征的第一步,要把我们年轻的共和国建设得繁荣、富强,还有很多事情要做,请您留下来,我们共同建设新中国,好吗?"在周恩来总理的一再说服、挽留下,爷爷搬进了北京北池子 83 号筒子河故宫东边一座幽静而舒适的四合院中,在北京安了家。爷爷终于结束了侨居美国 69 年的漂泊生涯,投回了祖国的怀抱。

定居北京后,爷爷游历了祖国各地,积极参加各项政治活动,对国外华侨发表言论,号召华侨团结在祖国的周围,支持新中国建设。他长期保持与海内外侨胞和洪门人士的联系,帮助他们解决困难和问题;他热情接待海外侨胞和洪门人士,并向广大华侨、海外洪门人士介绍新中国成立的情况,宣传党和政府的各项政策;他关心海外留学人员,在他的影响下,不少中华人民共和国成立前留学海外的英才纷纷回国参加社会主义建设。

1950 年 2 月至 5 月,爷爷南下广东了解土改情况。在广东的几个月,爷爷以一个老华侨的身份掬诚相告,向广大华侨阐述中央对侨乡土改的政策,号召华侨和侨眷共同努力,支持土改。爷爷在广东的诸多观感传到海外,产生了很大的影响,解除了华侨对土改的疑虑,端正了对土改的态度,同时也击破了蒋介石集团对新中国土改的造谣诬蔑。他还为新中国成立之初制定的《土地改革法》提出了不少有益的建议,把视察中了解到的情况写成政协提案,提交给中国人民政治协商会议第一届全国委员会第二次会议。又写成《关于华侨土地问题的几点意见》,由中央侨委会转呈给毛泽东主席。毛泽东主席批示:将此文在政协文件中刊登,中央负责人和中央土地工作委员会对此高度重视。

　　爷爷不仅拥护、支持侨乡土改，也直言不讳地向中共中央反映了土改中出现的偏差问题，后来中央华侨事务委员会副主任廖承志带工作组到广东调查，与中共华南分局和广东省政府商讨制定纠正侨乡土改中所发生的偏差和补救办法，此举获得广大华侨的热烈拥护。

　　爷爷的晚年，在北京过得很安宁、很幸福，家人也都陆续回到了他身边。我在9岁那年第一次见到爷爷，立刻被这位长胡须的老者所吸引，对他有一种天生的亲近感。之后每天与爷爷一起吃早餐，一起聊天嬉笑，成为我童年生活中一段难忘的记忆。

　　1955年5月8日，爷爷在北京家中溘然长逝，走完了他坎坷而精彩的一生。党和国家为他举行了隆重的公祭仪式，毛泽东主席亲自送了花圈，周恩来总理亲自为他执绋，公祭仪式后安葬于八宝山革命公墓，何香凝女士为他撰写墓志铭，勒石于墓旁，保存至今。

爱国华侨吴锦堂 *

盛鲁杰

20 世纪初，在日本大阪、神户等地提起吴锦堂，几乎无人不知，因为他不仅是日本关西实业界的巨头，而且每当日本人民遇到困难的时候，他总是扶危济困、慷慨解囊。在国内，旅日华侨吴锦堂的名字与陈嘉庚、缪云台相齐，是著名的"华侨办学三贤"之一。特别是在浙江三北（慈溪、余姚、镇海三县北部）地区，人们对吴锦堂更为熟悉，他造福桑梓、启迪民智的事迹，至今仍在当地人民中流传。

弃农经商

吴锦堂，名作镇，字锦堂，是浙江省慈溪县观城镇东山头人，1855年11月14日（清咸丰五年十月初五），出生在一个贫苦农民的家庭里。由于家境贫寒，他只读过两年私塾，从小就随父亲务农。16 岁时，母亲

---

* 本文根据高家驹、吴启梅、沈廷芳等人提供的资料整理而成。

去世，年事已高的祖父母和年幼无知的四个弟弟、两个妹妹都需要他照料，一家人的吃穿用度全靠他与父亲的耕种维持。一天，耕作疲劳的吴锦堂到东山头的一爿小店里想赊点烟丝，谁知却遭店主拒绝。这件事刺激了他，从此萌生了改业的念头。加以当时"三北"农业萧条，农家日见破敝，1882 年，吴锦堂 28 岁时便辞别亲人，先奔宁波，到一家豆腐店帮佣，旋即又到上海，进"萃丰油烛店"（一说"萃丰烟纸店"）学徒。在这里，吴锦堂带着中国农民特有的勤恳、忠厚，一边努力工作，一边又练习珠算、写字，很快就显示出他的才干，不久，便升为店员，并到苏州主持分店。

1885 年，友人李遂生派吴锦堂到日本经商。他首站长崎，从事贩卖日用杂货生意，以后又赴神户，开设"怡生商号"，并同时在上海的棋盘街开设"义生洋行"（由杜炳卿任洋行经理），以此作为连号，把中国的棉花、蚕丝、茶叶等运到日本去；把日本的火柴、肥皂、雨伞等运到中国来。十几年间，他克勤克俭、生意兴隆。时值日俄发生战事，日本初战败北，国内证券狂跌，吴锦堂尽其所有购买国库券，待日本胜利时，国库券飞涨，吴锦堂因此获得巨利。

1897 年，吴锦堂在日本兵库县尼崎市初岛创建了"东亚水泥株式会社"，聘任日本人川角荣藏为经理，自己任董事长。明治时代是日本工业的勃兴时期，尼崎邻接大阪，濒临海湾，水陆交通方便，是新兴工业的基地。水泥厂总资本为 150 万日元，名义上是股份公司，实际上 90% 的股金属于吴锦堂。全厂 150 多名职工大部分是日本人，其中从事厂务工作的中国人先后有：吴启祥、吴启梅、吴启坤、吴启震、沈文溥、洪聘良等。工厂每天产水泥 2000 吨左右，主要原料石灰石、硅石等由广岛县运来，黏土由德岛县运来，往返运输原料的机帆船达 40 多艘。由于该厂水泥质量好、价格公道，产品（以花鼓桶为商标）畅销日本、中国和南洋各地。"东亚水泥株式会社"是当时唯一的华侨创办的工厂，吴锦堂便也成了首屈一指的旅日巨商，并成为这一时期（明治、大正）日本关西（京都、大阪、神户一带）实业界的十大巨头之一，曾任日本大纺织厂镜渊纺织公司董事、东洋暽寸（火柴）公司董事、神户总商会会长等职。这期间，吴锦堂又在国内镇江金山河一带开设燧生火柴厂，生产龙船牌火柴，产品盛销江浙两省。

华侨的"福星"

吴锦堂在日本办了不少公益事业，神户的百姓们都称颂不已，华侨们称他是旅日同胞的"福星"。

1904 年 11 月 25 日，吴锦堂为了有利经商、保护财产入了日本籍，保留中国国籍，以示爱国之心。就在这一年（一说 1909 年），吴锦堂为神户的小束野农民办了一件令日本人民难以忘怀的好事。

20 世纪初，日本神户还有不少郊区农村自然条件极差，当时小束野就是这样，天稍晴则旱，天稍雨则涝，农田十年九荒，瘠薄不堪。当地农民由于水利设施匮乏，能耕种的土地又极少，常常颠沛流离。1904 年，吴锦堂出资在神户市垂水区神出村的小束野开垦荒地 100 公顷，买下山岗建设小水库，把可耕地分给 21 户农家种稻谷。当时，吴锦堂在小束野设立"吴锦堂开垦事务所"，由中国人叶绥业、日本人石阪整一等处理具体事务。受益农民感恩不尽，命名小束野为"吴锦堂村"，在村口还建立了"锦堂显象碑"以资纪念。自此，农民生活有了保障，稻谷逐年丰收，人丁日趋兴旺。现在，吴锦堂村已发展到 70 多户人家了，吴锦堂的名字也为华侨赢得了光荣。

1923 年 9 月，日本关东地区发生地震，由于正是午饭时间，东京、横滨等地大火蔓延，继而又出现海啸和多次地震，受灾人口 400 多万，物质损失达 55 亿日元。这次地震是日本历史上最大的震灾，许多华侨也遭受劫难。吴锦堂得知后，立即抱病电嘱华侨领导人杨寿彭，提议马上组织救灾团，并关照道："要多少款，请告诉我！"救灾团成立后，受灾的和死伤的侨胞被陆续送到神户，神户华侨医院住满了，不少人无家可归，吴锦堂又抱病赶到神户中华会馆，向难侨一一慰问，并尽量安置他们。

神户郊区的一座小山上有一个"中华义庄"，是华侨安放棺椁的公墓，由于当地农民经常到这里挖取泥石，以致棺椁有曝露的危险。吴锦堂为保护华侨的利益，出面与日本当局交涉，并自己出钱买下了这座坟庄，砌了石级以加固山丘。同时，在坟庄南面设立了一所医院，以改善华侨的就医条件，医院内还设有暂栖灵柩的房屋。神户"中华义庄"松林耸翠、气象宏伟，对此，华侨们无不感戴吴锦堂的公德。

原神户华侨会馆非常狭窄，送往迎来、集会议事很不方便。吴锦堂又出资扩大了会馆地基，增建了客厅及办公室、宿舍。他还改建了十间平房，租给当地居民，以所得租息供会馆使用。

在日本，不论是对日本人民，还是对华侨，吴锦堂总是慈悲为怀、急公好义，几乎动辄出资，处处捐款。诸如：华侨同文学校、中华学校、华强学校、同仁会、万国病院、赈济会以及一些孤儿院、养育院、盲哑院、红十字会等单位，都接受过他的捐助。因此，日本政府给予吴锦堂特别高的礼遇。日本天皇曾三次接见他，两次赐予银杯，一次赐予金章。吴锦堂成为 20 世纪初，日本人民和旅日华侨交口称誉的人物。

整治"二天"

浙江慈北地区，俗称"山北"，位于四明山麓，背山面海，濒临白洋湖、杜湖。两湖号称"二天"，慈北十多万百姓的衣食全凭这两湖的蓄泄受益。这里人多地少，土地贫瘠，乡民们为争筑堤塘经常发生械斗。开始，这里只有一个大塘，逐渐围垦成地，至晚清已发展到 11 个塘，垦地 40 余万亩。因水利年久失修，百姓们又常常受到"二天"的威胁。

1905 年，吴锦堂 51 岁时首次荣归故里。适值秋雨滂沱，"二天"湖水陡长，湖堤溃决，通海泄水的河浦阻塞，几十万亩棉田全被大水淹没。加以几年来海啸、水泛灾患频仍，每逢春上总有人饿死，慈北百姓的确无力抗拒这场灾害了。见此情景，吴锦堂悲从中来，决心要"拼上性命与金钱"来整治慈北水患。他从日本请来铁道工学士工程师岛彦总负责水利工程设计，自己亲自督修水利。工程于 1905 年秋后开始筹划，历时七年，疏浚了杜、白二湖，修建了竺民、淹浦、古窑、淞浦四浦以及一些水闸、桥梁、道路和漾塘等，使慈北 20 余万亩农田受益。工程全部竣工后，计银 7 万多元，全由吴锦堂独立承担。

为敦促清政府采取措施，吴锦堂还亲笔上书浙江省巡抚增韫，指出"二天"潜在的破坏性，并提出根治水害的具体意见。

在整治慈北水患的几年间，吴锦堂曾两次罹难，均安然无恙。一次是 1907 年初夏，他亲自冒雨巡视湖浦工程，忽然被大风连人带伞刮进湖中，幸而被民工救出。另一次发生在 1910 年冬天，承办慈北水利事务局事务的沈增辉中饱私囊被吴锦堂发觉，当吴锦堂责令他公布账目，并决定予以撤职查办时，沈增祥大动杀机，趁吴锦堂宿在东山头的学校之际，派人去搞暗杀。这个阴谋被老校工阿刚看破，抓住了刺客。第二天，沈增祥带领一二百人包围校园，企图劫走吴锦堂，又是阿刚挺身而出，用扁担把沈增祥打入河中，群徒溃散，吴锦堂才又一次脱险。

吴锦堂时时惦念着祖国人民，关心着国家的兴亡。1911 年，我国部分地区遭水灾，他捐款 38000 多日元，另外捐给中国红十字会 32000 多日元以赈济灾民。就在这一年，吴锦堂怀着对国民革命的极大热情加入了同盟会，并担任了同盟会神户支部的支部长。当时同盟会缺少经费和办公场所，吴锦堂带头为同盟会捐款，并把神户的一部分私邸腾出来，供同盟会使用。1913 年，孙中山到达神户，吴锦堂在欢迎会上代表旅日华侨致词。会后，吴锦堂还与孙中山等人一起在吴锦堂别庄前合影留念。他后来还参加了孙中山与宋庆龄的婚礼，并高兴地对人说："这是我最高兴的一天。"

1913 年 7 月，浙江三北沿海发生海啸，粮棉无收，哀鸿遍野。投机商趁机抬高米价，囤积居奇，农民甚至有钱也买不到米。吴锦堂得知后，先后捐银 38000 元，并从外地买来 500 万斤大米。发放或平粜给农民，缓解了天灾人祸给农民的打击。

办"锦堂学校"

吴锦堂自己仅读过两年私塾，深知科学文化知识对祖国前途和个人事业的重要。1906 年，他出资 21 万银圆，在故乡浙江省慈溪县观城镇东山头村创办了"锦堂学校"。学校设在环境优雅的玉凤山南麓，校舍和操场共占地 110 亩，是日本式的"口"字楼房，共有 140 多个房间。学校附设的桑园、农场共占地 100 亩。1909 年农历正月正式开学，学校首任校长由奉化名儒江起鲲担任。开始，学校为两等（初小、高小）小学堂，次年，学校改为"初等实业学校"，分设农艺、蚕桑两科，同时兼办小学及"蚕业讲习会"、"缫丝传习所"，倡导农家养蚕致富。学校课程设置和一切规章制度一概遵照中国教育部门规定执行，毕业考试时，本县教育官署还派专员莅校监考。

为使学校有自立能力，开学时，吴锦堂又加造二层楼房五间，供学生育蚕之用，旁边附设平房五间，作桑农的起居室，并建食堂、厨房等大小平房多间。另外，吴锦堂又捐土地1260亩、浙路股票67000元、汉冶萍公司股票5万元、现金2万元作为学校长年经费。

为鼓励农家子弟入学，吴锦堂曾施行种种优惠措施：本村吴姓子弟来校读书，减免学费，赠文具书籍，并供应一餐中饭，读一天书，还可以领到一担柴钱。平时师生员工用膳的菜蔬均由学校的农场供应。农科毕业的学生，成绩优良者，由吴锦堂资助赴日本、美国深造等等。该校这样雄厚的基础、完善的设施以及优秀的师资、严格的制度是全省其他同类学校所不能比及的，因此一时名溢浙东，誉为"全省私立学校之冠"。

1916年，吴锦堂将捐助学校的全部资财一揽子献给学校，并嘱下代子孙不得干预、动用。为办妥此事，吴锦堂请该校校长楼琴五经办，开具详细的资产清单，具文报省府备案（一说移交事宜，是吴氏后嗣遵吴锦堂嘱托于1926年献给省政府的）。

1926年1月14日，吴锦堂在日本神户病逝，享年72岁。他遗有一子（启藩）、一女（梅先）。子女遵照他的遗嘱于1930年6月扶柩回国，在风景秀丽的慈溪县白洋湖畔建立了吴锦堂墓。墓联系吴锦堂自撰："为爱湖山堪埋骨，不论风水只凭心。"在白洋湖畔的鸣鹤场金山寺召开了吴锦堂先生追悼会，届时，参加的民众达两千余人。同时慈北淹浦乡崇寿宫前，还建立了他的铜像及由章太炎书写的"吴公福乡碑记"的石碑。

1929年，锦堂学校改称"浙江省立慈溪锦堂乡村师范学校"。1938年抗战时期，学校颠沛内迁经嵊县、东阳至缙云壶镇。1946年，又迁回原址办学，吴氏后嗣及各界人士再次给予捐助。1984年10月15日，宁波市人民政府决定恢复"锦堂师范"校名，并举行了复名大会。这一天，吴锦堂的嫡孙吴伯瑞、吴伯矗也特地从日本赶来参加大会。

　　光阴流逝，时代沧桑，然而中国人民仍然没有忘记爱国华侨吴锦堂。慈溪县人民政府于 1984 年夏修整了吴氏的故居，设立"吴锦堂爱国事迹陈列室"，修复了吴锦堂的坟茔，重塑了吴锦堂先生的铜像，重新刻写了（因旧墓碑损毁）"吴锦堂先生墓记"。吴锦堂"不欲以多金为子孙计"的美德，将永远为人民所称颂。

愈知晚途念桑梓

——记旅日爱国华侨王汝钧

张久深

一

在渤海莱州湾，离大陆 10 公里处有一仅 4 平方公里面积的小岛，隔岸遥望极像颠动在浪尖上的一枚桑叶，故名桑岛。这便是为家乡兴办学校和公益事业慷慨捐资的旅日华侨王汝钧先生的故乡。

旧社会，这个只有几百户人家的小岛是个穷山恶水不养人的苦地方。"能上南山去当驴，不到北海去打鱼"，陆地上农民生活苦，桑岛渔民更艰难。海产品不值钱，岛上缺粮、缺水，出海打鱼风险又大。为生计所迫，人们唯有背井离乡，浪迹天涯。

王汝钧的父亲王作赢就是为改变贫困状况铤而出走的。他先在营口做厨师，后去大连开饭店。有个旅日华侨见他烹调技术精良，便将他带到日本大阪。开始仍在餐馆当厨师，借住北方公所。几年后手头稍有积蓄，便辞职与别人在大阪东区瓦町创办了泰赢楼、东赢园两处餐馆。因为他处事公正，经营有方，深孚众望，很快被股东们推选为两处餐馆监理。这期间，不少桑岛青年追随王作赢东渡，侨居大阪谋生。

1903年农历六月十八日，王汝钧出生在桑岛。因为当时家中生活还较困难，断断续续读了四五年书后，13岁便被父亲王作赢带到日本大阪泰赢楼学生意。

1918年，王汝钧23岁的大哥王汝昆在大阪经营海杂货亏损，喝鸦片烟自杀。二哥王汝强在大阪住了两年回国。1924年，王汝钧23岁时，回国与20岁的吕丽华完婚。婚后去大连经营磁器店，因无盈利，两年后又被父亲召回大阪。不久，委任他为泰赢楼经理。当时东赢园的经理姓门，是蓬莱县人。

1930年，为避战乱，57岁的王作赢归国，后因病未能预期返回大阪，由王汝钧料理餐馆业务。翌年春，山东军阀混战，"胶东王"刘珍年治下黄县县长郎咸德败势，携带公款及枪支夺船潜逃至桑岛，拟转赴天津。县城军警来桑岛抓"老狼"，诬陷王作赢为窝主，捆绑拷打，敲诈去一块怀表及部分财物。王作赢因惊吓病情转重，以致卧床不起。王汝钧在大阪被股东们推选为两处餐馆监理，正式接替了父亲王作赢的职务。

1933年10月，王作赢去世，王汝钧回国料理完父亲的后事，返回大阪。

二

日本友人田中广助将王汝钧介绍给大阪高岛屋百货店的大股东清水。清水又将王汝钧推荐给高岛屋社长饭田直次郎，被派到五色园餐馆，掌管中华料理事务。日本大企业一般不吸收外国人，特别是中国人参加管理工作。几经周折，直至 1935 年王汝钧回国为父亲举行三周年祭后重返大阪，才得正式宣布就职。

饭田直次郎社长曾游历过青岛等中国城镇，会说中国话，爱吃中国菜，常到五色园用餐，因而对王汝钧有较全面的了解，并建立了友谊。在他和食堂部长池田直治的大力提携下，王汝钧很快得到信任和重用，享受到高级职员待遇。王汝钧如鱼得水，事业顺畅。

几年后，堤胜彦和荒木合资购买了江苏籍一个姓杨的中华料理店黄鹤楼。由堤胜彦出面约请王汝钧与他们合作，并代为经营管理。这处餐馆店面宽大，生意还好。只是好景不长，不久荒木与堤胜彦闹矛盾，使王汝钧处于左右为难的困境。

当时日本政策规定，只限中国人在本土经营一处企业，多者重罚。不知什么人将王妆钧拥有高岛屋五色园、黄鹤楼和自营梅田店三处餐馆的情况告发到大阪警部。当时的警部对被传讯的人不是强制回国便是将其杀害。王汝钧接到传票后十分恐惧。后经高岛屋饭田直次郎社长出面斡旋讲情，反复陈词高岛屋离不开王汝钧，并愿担保一切。几经力争，警部终于破例允准王汝钧兼营高岛屋五色园与梅田店。

第二次世界大战爆发后，王汝钧与家中断绝联系。1945 年高岛屋五色园及梅田店均罹兵燹。王汝钧贫病交加，身患肋膜炎住院长达六个月。亲友不见面，人们像避瘟似的回避着"王大个子"。王汝钧饱尝了世态炎凉，困苦艰难。这期间他与日籍妇女王松年结为伉俪，相濡以沫，患难与共。有时仅靠供给的两盒烟到乡下换回点土豆，躲在山洞里生啃几口充饥。这年 10 月，堤胜彦借来 3000 日元，支持王汝钧在心斋桥重新创办了一处万乐天餐馆。1946 年若松吃茶店开张。饭田直次郎勉励王汝钧说："这个吃茶店若好好办，可保证四五口家的生活无虞。"

若松吃茶店在高店屋各卖店中卖项最多。从此，王汝钧败而复起，事业转入新的发展和飞跃时期。

1950 年 9 月，桑岛家中接到王汝钧由大阪寄来的一封信。八年之后，王汝钧与发妻王丽华取得了联系。王汝钧与饭田直次郎的关系日益密切。1952 年新年前一天晚上，王汝钧请他喝酒。酒席上，他郑重地说："我年纪已大，以后倘有不测，百年之后烦你代我照应家属、儿女，拜托了！"

王汝钧甚感突然，便对他说："我不是你的亲属，又是中国人，托妻寄子责任非轻，只怕有负……"

饭田直次郎生气了，喊道："你不要太薄情了！"气恼过后，不容分说，即席将托付事项笔录下来交付王汝钧。嗣后，饭田直次郎又将王汝钧邀到家中，让儿子与他握手盟誓，终生以兄弟相称。1 月 20 日晚 10时，王汝钧正在家中盘算账目，感到疲乏，伏几而寐。梦中恍惚见到一个似亲非亲的人死了，自己的左膀子也掉了下来。梦醒后觉得十分蹊跷，终日心神不宁。第二天，《新闻朝刊》载出高岛屋饭田直次郎在东京孔雀庄去世的讣告。王汝钧一见，很是震惊：梦境竟与饭田社长大去的时辰暗合。自以为这系灵感相通所致，也是件不可思议的事，当日即赴东京吊唁。

晚 10 时后，饭田直次郎遗体旁只有王汝钧一人守护。翌日早朝人们陆续来到停尸间，看到这情景大为惊讶，都被饭田社长生前结交的这个异国知己的深重情谊所感动。自此以后，王汝钧从未间断拨款资助饭田直次郎的遗孀；事业上竭力扶持饭田后裔，不负所托，终生不渝。

大阪的难波新地，大战时为防火灾将所有木屋尽行拆去，倒出 2600多平方米空闲地。停战后这里变成黑市，有 20 个台湾籍中国人在那里建起临时房屋做买卖。地主们曾向政府提出索回要求。因日本为战败国，政府处于无力状态，不得解决。日本地主无奈，便请高岛屋食堂部长池田直治转托王汝钧代为出面交涉。

池田直治对王汝钧讲了。王汝钧也感到棘手。几经调说，最后 20 个台湾人表示同意按契据规定缴租，请王汝钧作保，总算将这场争地纠纷平息下去。从那以后，王汝钧在大阪的声誉日高，深受日本人和华侨敬重。

三

1946 年初，大阪警部认为华侨应当有固定组织或团体才便于联系与管理。华侨们便开始筹备大阪南区南华会馆。发起时无活动经费，高岛屋捐助了 2000 日元，租用了一个姓陈的华侨家屋为会所，定名南华公会。会内台湾籍人较多，还净是做大生意的，由刘明道和一个姓邱的为代表；大陆籍人少，多是做小买卖的，由王汝钧为代表。三人驻会合办公务。两个月后，姓邱的不知何故被台湾梅田人用手枪打死。由刘明道任会长。台湾梅田人对刘明道不信任，不服气，扬言说刘明道敢做会长就把他打死。刘明道吓怕了，不敢上任。王汝钧在难波占地事件中替台湾人作保尽过力，台湾人对他很尊崇，一致推举他为会长。王汝钧由此提议，今后会长就由大陆人担任，台湾人任副职。这一条作为会约订立下来。

1946 年 6 月，《每日新闻》登载了一篇文章，攻击王汝钧做事偏袒中国人；他不过是高岛屋一个厨子，现在竟大张声势，欺侮南区地主云云。王汝钧见到报纸后，偕南华公会会员到《每日新闻》社声明：他是由高岛屋介绍出面管事的，其他事务从不过问；更没有欺侮他人的动机。在事实面前，负责这条新闻的记者不得不承认错误，第二天专门在报上更正、道歉。从那以后，公会逐渐不再处理华侨琐事，转向专理侨商税务。直至王汝钧不任会长，继任会长们在更迭去留时都向他做礼节性汇报、请示，新旧交替，历久不衰，对他极为信赖。

王汝钧见到在大阪的山东籍侨胞虽系乡邻，却因没有团体组织，老死不相往来，有事不能照应，深以为憾。为发扬中华民族团结友爱的传统美德，和睦乡邻，经他多年奔走呼吁，终于使大阪山东同乡会于1982年组成。当时入会登记的有120多人。中国驻大阪领事杨苏，大阪华侨总会会长张富源、副会长金口，大阪中华北帮公所理事长李义安等知名人士出席了大会。

12月20日，山东同乡会在若松本店召开预备会，指定王汝钧为首席顾问，徐仁绪为会长。会址暂借若松本店二楼。从此，旅居大阪的山东华侨有了自己的组织，增强了团结。

四

大阪本田町中华北帮会所内设立的振华学校于1945年被战火焚毁。第二年春，侨胞刘德云租用本田国民学校部分校舍，成立了关西中华国文学校。与沈容校长合作，以小学教育为主，兼设华语、英语两个专修科，侨童260余名，六年小学编制。后改校名为"大阪中华学校"。

王汝钧觉得华侨学校租用校舍终非长久之计。1953年3月下旬，在中国银行行长梁永恩、神户大学教授张无为等的支持下，发起筹建校舍的倡议。广大华侨积极响应，组成建校委员会，王汝钧被推举为委员长。

王汝钧东奔西跑寻找校址极为艰辛。因王汝钧为人讲信用，重然诺，素行高洁，南海电铁小原社长终将一块地皮以低价转卖给他们。嗣后委员会邀集80余名华侨在若松本店聚会募捐，当日即签捐4000万日元。

1955年7月18日举行校址地镇祭，破土动工。施工期间，恰逢日本经济紧缩时期，收捐滞涩。王汝钧只好将若松店押与中国银行借债，支付建筑费。后来幸亏在江浙委员中较有威信的陈德湖及与学生家长较熟稔的校长梁浩东协助收捐，收进 3500 余万日元。

王汝钧等去收捐，可以说尝尽辛苦。有时来到捐主家，进门后主人只倒一杯茶，不给同去的陈德湖、梁浩东上茶，王汝钧不好独饮，只得忍着；中午没有时间吃饭，只能在车上啃面包。有一次梁校长抽空去吃了碗面条，因为多耗了时间，被王汝钧批评得很难为情——收捐要抢在捐主在家中吃饭的空间，错过了要白跑一次。这样一直奔波了三年，总算把大部捐款收了上来。否则，王汝钧押出去的若松本店即有被银行没收的危险。

1955 年 12 月 23 日，校舍竣工。这是座水泥钢筋的三层楼，合计1400 多平方米。1956 年 1 月 10 日启用。1 月 8 日大阪市政府发给中华学校设立认可证书，学生 270 多人。

学校自设立起，围绕人事权的争斗一直未中断。教职员成分复杂，学校公产被有政治背景的人强行把持，对此种局面，当日参与建校活动的人士均扼腕唏嘘，徒唤奈何，而祖国又鞭长莫及，难以借助解除困扰。对学校的去向和华侨子弟的前途，人们无时不在深切关注，惦念担忧。

1965 年 12 月，经王汝钧等力争，将建校纪念碑树立起来。由孔德成先生题写碑文，将 92 位为建校捐资的人名镌刻在碑石上。

五

王汝钧律己、治家甚严。他为在日本的两个女儿定下的择婿标准是：中国籍。对国内几个孙女的婚事，他也有一定要求："会不会喝酒？会不会抽烟？不会？好。我同意！"

为给故乡的后代创造一个良好的学习环境，振兴故乡的教育事业，他禁烟戒酒不置车，克勤克俭，有余即蓄，立下一个为桑梓办学聊尽绵薄的宏愿。早在 20 世纪 60 年代末，王汝钧便将存款寄回故乡，申请地方政府允许他在桑岛建校舍。由于种种原因延搁了多年没能实现。不得已，又于 1971 年以 70 岁高龄远渡重洋回到阔别 31 年的故乡，亲自向当地政府殷殷恳请，终得允准。随即，于 1972 年再一次亲自回国筹划校址，捐资 13 万元人民币，购置建材，在乡亲们的大力协助下，终于在第二年建成一座"六配套"的乡村中学。

桑岛物阜民丰，唯饮水匮乏，由来已久。30 余年来人们先后凿井 20 余眼，井水非咸即涩，难以下咽。1983 年 7 月，王汝钧回国探亲，返回日本之前，对接待他的副省长说："桑岛乡亲一天吃不上甜水，我这块心病一天不去。请政府支持我打井，钱用多用少一概由我支付。"

省府负责同志被他的真情打动了，当即答复先派技术人员进行勘测，搞到准确水文依据即行开钻。经过勘测，结果尚可；只是开钻后钻出来的水仍是咸的。

1984 年 4 月，日本大阪山东同乡会组织侨胞回国观光，王汝钧任顾问。他无心领略曲阜名胜，泰山风光，一心惦记着第二眼水井的开凿。把观光事宜安排妥当后，长途驱车，风尘仆仆地赶回桑岛。半个月观光时间，他几乎天天待在钻机旁等候出水消息。

终于见到出水了。水是甜的，但量太少，难尽人意。数年奔波，功败垂成。

王汝钧回大阪后，并没气馁，立即写信给省府负责同志："两次打井，功亏一篑。给地方添了麻烦，实在抱愧。请让我再打一次——三次为满！"1986 年 4 月 15 日，第三次开钻，终于成功。王汝钧双手捧起尚未澄清的地下水尝了一口，呵，好甜！几十年盼水夙愿得偿，两行热泪夺眶而出。

"桑岛钻出甜水来了！"举岛上下欢声雷动。1800 名男女老少眼望着喷涌如注、清澈甘甜的井水奔走相告：吃咸水、苦水和不洁净的地表水的历史结束了！饮水思源，人们纷纷提议为王汝钧树碑存照，垂范后世，铭记他爱国爱乡造福桑梓的义举。

古人有"狐死首丘，骅骝北向；代马依风，怀恋故土"的说法。王汝钧年届耄耋，侨居扶桑，无时不为祖国的富强、故乡的昌盛而牵心。青年时代他白手起家，历尽坎坷，只恨力不从心。经过数十年筚路蓝缕苦心经营，已在大阪创办了南区难波若松本店和南岛屋、地底室、南海、淀桥屋五处餐馆及心斋桥若松皮包店，在东京和米子创办了两处若松餐馆，共有店员、社员 160 多名。实论起来在华侨中他算不上多么殷实富有，但他不遗余力，竭尽炎黄子孙天职，不断解囊创办教育、文化事业，捐资、捐物总额不下百万元。凡属开发智力，兴办福利，为国分忧的公益义举，他争先恐后，当仁不让。

王汝钧重情谊，讲道德。他的事业，他的爱国爱乡行动是与日本友人的鼎助和深明大义的日籍妻子王松年真诚支持分不开的。对此，他念念不忘。

"梦中每迷还乡路，愈知晚途念桑梓。"王汝钧先生于 1994 年 3 月 20 日在大阪病逝，终年 91 岁。弥留之际，仍把故乡的一山一水、一草一木悬挂心上，殷殷嘱示后代：树高千丈不忘根，一定要为故国多做贡献。

归侨将军陈青山的海外生涯

罗茂繁

　　陈青山将军于 1936 年在马来亚参加中国共产党，1941 年回国参加琼崖民众抗日自卫团独立总队。先后出任琼崖人民抗日游击独立纵队政治部组织部部长、人民解放军琼崖纵队政治部副主任兼组织部长等；新中国成立后，曾任广东省军区政治部主任、海南军区副政委、广州军区政治部副主任等职。1964 年授少将军衔，系我国为数不多的归侨将军之一。陈青山现任全国侨联委员。

　　1940 年残冬的一天。黑压压的云层密布太空，利刃般的狂风夹带着箭簇般的大雨无情地扑打着过往行人。黑暗、恐怖和残忍就像一个无形的魔鬼恶狠狠地摆弄着整个新加坡。

　　就在这时，100 多名被英国当局宣布为不受欢迎的人，被押上了一艘破旧的大火轮。在这个队伍中，有一位年方 20 岁的小伙子。他高高瘦瘦的身材上裹着一套又破又旧的学生装，又大又黑的眼睛里饱含着聪慧和机敏，高而直的鼻子，苍白而瘦削的长方脸，一切都使人觉得这身为囚徒的年轻人仍不失英俊和精悍。

他就是后来威震华南的归侨将军陈青山。

一

17 年前，也是个风雨交加的日子，陈青山，一个年仅四岁的娃娃，抓着父亲的衣襟，抖抖索索地踏上了这片陌生的土地。

他们是死里逃生、从遥远的华夏之邦来的。

1919 年 11 月，陈青山出生在福建省惠安县洛阳区陈埭头乡一个贫农的家庭里。私塾里的老先生给他起了一个名字叫"荣火"。小荣火的父亲陈文清，原是个老实本分的庄稼人，因在家乡难于生存，年轻时便随逃荒的乡亲远涉重洋去马来亚做苦力。小荣火出世不久，他父亲就带着他的大哥去了南洋。

1923 年，闽南发生了一场罕见的大瘟疫。瘟神肆虐，十室九空。荣火留在家乡的三个哥哥原先都是活蹦乱跳的，谁知道染上瘟疫后，没几天就被瘟神夺去了生命，连小荣火那苦了半辈子的妈妈也逃脱不了瘟神的魔掌。正在马来亚槟城做苦力的父亲闻讯后心急火燎地赶了回来，一见骨瘦如柴的小荣火，抱住他就号啕大哭，决意把小荣火带到海外去谋生。

1923 年冬，父亲抱着小荣火踏上了由闽南开往马来亚的一条小油轮。小荣火的漂泊生涯也就从此开始。

二

天下乌鸦一般黑，穷人过日子到哪里都难。小荣火父亲靠卖苦力养不活小荣火兄弟俩，便又忍痛把大儿子送回故乡。不久，就传来大儿子病死的消息。噩耗传来，父亲陈文清捶胸顿足，痛不欲生，悔不该把大儿子送回去。从此，他把唯一的希望寄托在小荣火这根独苗上。父子俩相依为命，挣扎在异域的苦海中。

1935 年，小荣火 15 岁，即以优异的成绩从中华中学高小毕业，考入了马来亚华侨学校——钟灵中学。来校求学的除了槟城的学生外，还有马来亚各地及泰国、印尼等地的华侨子弟。在这里就读的大多是有钱人家的子弟，按常规小荣火是无缘进这个大门的。然而，陈氏祠堂看他品学兼优，有培养前途，把大半的学费都包下来了。这样他才能有机会进这间学校。

进钟灵中学，这是小荣火学习的新阶段，也是他海外生涯的新起点。

"九一八"事变爆发后，广大华侨倍尝国弱家贫的痛苦，更知道亡国奴的滋味。因此，当东北陷入敌手的消息传来后，各行各业，男女老少，都对这一关系到祖国的命运和前途的大事表示极大的关注，罢工罢课，示威游行，愤怒声讨侵略者的罪行，呼吁同胞们团结起来一致抗日。钟灵中学是马来亚很有名望，也是槟城华侨中的最高学府，当时学校中的进步学生陈文庆（陈凌）、谢鸿玉（白秋）等人发起组织抗日救亡活动。"七七"卢沟桥事变的炮声一响，钟灵中学便响应各界华侨抗敌后援会的号召，组织了钟灵中学生抗敌后援会。这个组织以读书会、歌咏队、篮球队、羽毛球队、乒乓球队等形式把学生组织起来，并以此作为掩护去进行各种抗日救亡活动。在这些活动的掩护下，抗敌后援会积极地向进步青年学生灌输马列主义，宣扬爱国思想，使他们逐步走向抗日救亡的革命道路。他们组织文艺团体演出抗日救国的节目，上街宣传或搞义演义卖活动。没多久，抗日烈火便燃遍了校园内外。

陈文庆是槟城学联和学生会的负责人，也是钟灵中学抗敌后援会的负责人，他虽出身于豪富之家，但身上并不见纨绔子弟的诸多毛病。荣火很敬重文庆，将其作为学习的榜样。文庆见荣火家庭出身贫苦，学习成绩好，诚实可靠，办事又比较机灵，对他很是信任，并有意把他作为进步学生骨干来培养。他常送一些进步书刊给他看，有机会就给他讲马克思、列宁、十月革命的故事，和他一起探讨人生的意义，祖国的前途和世界的未来。

不久，钟灵中学成立了抗日救国服务团，陈荣火被推举为抗日救国服务团团长，继而担任了槟城学生界抗敌后援会的领导人，又作为学生界的代表，成了槟城各界抗敌后援会的负责人之一。

钟灵中学校长陈充恩从国民党庐山训练班回来后，即组织了以复古倒退为内容的所谓"新生活"运动。为了与其斗争，学校抗敌后援会组织发动了一次全校性的罢课斗争。校方慌了神，赶紧来找陈荣火他们。抗敌后援会选派了 17 名代表同校方谈判。鉴于学生和社会舆论的强大压力，为了缓和与学生之间的矛盾，校方勉强接受了抗敌后援会提出的一些条件，不再搞"新生活"运动了。可是，时隔不久，学校就利用放暑假的机会，开除了 17 名参加谈判的学生代表，其中就有陈文庆、谢鸿玉等几个学生骨干。

校方来这一手，学校抗敌后援会的学生都很气愤，决心在新的学期到来后再和校方来一番较量。

三

校方搞暑期清洗，没把陈荣火开除，并不是因为荣火没暴露，也不是因为他们对荣火格外开恩，而是因为他们还想利用荣火，甚至想拉拢他。

开学的第一天，后援会就发动学生强烈地抗议校方的倒行逆施行为，并一个一个地把被开除的学生请了回来。但是校方像狡猾的狐狸，还没等抗敌后援会拉开架势，他们就如临大敌戒备森严了。他们与英国当局勾结起来，派警察到学校把守大门，不让被开除的学生回校。学校抗敌后援会一时没别的办法，只好到处散发传单，揭露校方的反动面目。

1937 年底，学校抗敌后援会以组织乒乓球、羽毛球、篮球比赛的形式，以为校争光，联络马来亚学生感情的名义向校董、教师募捐了一笔经费，骑自行车从槟城出发，途经吡叻、吉隆坡、马六甲、柔佛等地，最后到达新加坡，一路比赛一路宣传，一路进行抗日救亡活动。参加者有杨升福、陈文庆、谢鸿玉、陈荣火、江田、陈华英、江文英等 20 余人。到达新加坡后，他们成立了马来亚学生抗敌后援会领导机构，领导成员有陈文庆、陈荣火、彭岂涵、谢白秋、黄士锐和江文英等人。他们几个人分工负责主管一方面的工作。由陈荣火和谢白秋、江文英负责北马来亚学生抗敌后援会的办事机构。这一领导机构的成立，大大推动了马来亚各地学生抗敌后援工作的开展。马来亚各界抗日救亡运动，尤其是学生抗日爱国运动的蓬勃发展，使英国当局极为恐慌。他们就像一头被激怒的野兽，对学生疯狂地张开了利爪。他们采取突然袭击的手段，对进步学生进行大搜查。在这次大搜查中，从陈荣火家一只皮箱底下搜到了油印的《五四宣言》，谢白秋家中搜到了一份学生组织花名册，杨开福家中搜到一本《锄奸录》。于是他们三人都被关进了拘留所。幸亏救亡学生组织花名册中用的都是代名，敌人不可能通过它发现到别的同志，否则会有许多人落入魔窟。

他们被分别关进拘留室。为了从他们的口中套出东西来，敌人威胁、利诱、软硬兼施。

这一天，两个彪形大汉把陈荣火押进了审讯室。审讯室里站着四个凶神恶煞的打手，荣火平生第一次见到这种场面，刚开始真有点心寒。

但他很快就镇定下来了：我是堂堂男子汉，发誓要为穷人献身的革命者，敌人还没动我就不行了？不！大不了就是个死，皮肉受点苦算得了什么？于是他横下一条心，不管敌人来软的、硬的，都要坚决顶住，绝不出卖同志，绝不出卖组织。所以当敌人追问那只皮箱和《五四宣言》的来历时，陈荣火一口咬定："不知道。"并按父亲的口径说："那只皮箱是一个客人寄存的，里面有什么我不知道。"

为了攻破陈荣火这个堡垒，第二天他们还把荣火的父亲抓来审讯。老人家也一口咬定：箱子是客人的。侦探们不相信，又去找荣火的街坊调查。荣火的邻居都是些受苦人，平时都和荣火的父亲要好，荣火被抓后，父亲知道敌人还会找麻烦的，便预先向他们打了招呼。因此，不管侦探问到谁，谁都说没有见过荣火家有这样的箱子，准是客人放的。那时候，英帝国主义搞一套假民主，因抓不到确凿的事实根据，也不便对荣火怎么样，关了七八天之后就在法庭上宣布无罪释放。和陈荣火同时被抓的杨升福、谢白秋却因有证据而被宣判驱逐出境。

自由了！荣火怀着胜利者的兴奋心情回到家里。但年老体弱的父亲终因担惊受怕病倒了，整天精神恍惚，不思茶饭，原来高大壮实的身躯很快就瘦成皮包骨头。几个医生看了都说得的是精神忧郁症，药物不好治。好心的邻居劝荣火不要"执迷不悟"，看在老父亲的面上就此罢休。陈氏祠堂的董事陈汉文也来做荣火的工作，希望他在家安分守己或找一份合适的工作做一做，要不然到祠堂去记账也行。该怎么办才好呢？命运在煎熬着荣火，要年轻人尽快作出抉择。

四

老父的重病、舆论的压力就像一块沉重的石头压在年轻的荣火心上。这时候，要他离开火热的斗争生活是万万办不到的。可是父亲病成这个样，舆论压力那么大，他那慈孝之心多难受；更不能忽视的是，英帝国主义者已经盯上了他，黑名单早已把他圈上了，他随时都有再次被捕的危险。鉴于这种情况，组织上决定让陈荣火尽快离开槟城，调到新加坡去工作，考虑到抗日救亡工作和他的安全，要他快走。在这种紧迫的形势下，他已没别的选择了，只好把家里的事情托给知心朋友谢成业。为了让家里人放心，荣火便说自己在外地找到了一个职业，要尽快前去报到，错过时间，老板就要别的人了。善良的继母信以为真，赶忙高兴地替他收拾行装。快出门时，他一步一回头，反复看着躺在床上枯瘦的父亲，心里比刀剜还要痛苦。

陈荣火辗转来到新加坡，按照组织的安排，投入了新加坡岛的抗日救亡运动，担任了新加坡总工会主席的工作，改用现名陈青山。这是1939年年底。

在新加坡开展工作还没几天，陈青山突然接到好友谢成业的电报，说父已病故。想着父亲悲惨的一生，想着父亲的疼爱之情，陈青山悲痛欲绝，真恨不得马上就飞回到老父亲的灵前，请求老人的宽恕。然而，敌人正在追捕他，新接手的工作也确实放不下来。此时真是有家归不得啊。

1940年，国内抗日战争进入了敌我相持阶段。为了配合国内的抗日战争，新加坡总工会领导各界工人和爱国华侨，掀起了更大规模的抗日爱国运动。英国屈从于日本帝国主义的压力，同时也害怕人民觉醒起来动摇他们的奴化统治，借口维护日英邦交，以维护社会治安的名义，疯狂地进行大逮捕，对共产党员及其同情者、嫌疑分子、爱国华侨、参加罢工罢课的工人、学生都以触犯法律的罪名加以逮捕，并分期分批驱逐出境。陈青山和江田就是在这种情况下被捕的。

当时陈青山是新加坡总工会主要领导人兼马来亚《前锋报》（由总

工会办的指导工人运动的刊物）主编。大搜捕前夕，陈青山根据上级指示，迅速将总工会的文件和印章都转移了，但匆忙之中，竟把总工会的月捐收据册遗忘在柜子里。那天晚上，英国当局派侦探包围了他们的住房，强行搜查，搜到那本收据后，二话没说就逮捕了陈青山。为了防止来接头的同志被捕，临走时陈青山按预定的暗号穿走了挂在窗口用作联络信号的衣服。

敌人对陈青山进行了严刑拷打和严厉的审讯。陈青山一口咬定自己是失业者，寄居在朋友租的房里，朋友外出经商，半月一月才回来一次，还胡乱编了个朋友的名字、相貌、特征等，始终没有暴露组织和自己的身份。当然，当局侦探不会相信。为了逼陈青山交代问题，竟叫一个满脸横肉的黑汉子狠狠地揍了陈青山一顿。

一连好几天的审讯，陈青山口供不变，敌人非常恼火。一天审讯完毕，那个黑汉子华人侦探押送陈青山走时，一路上骂骂咧咧的，后来他竟说陈青山是日本"走狗"。明明他自己是名副其实的帝国主义走狗，却倒打一耙，这可把陈青山气坏了，忍不住反过来质问他："你说谁是走狗？谁是走狗?!"黑汉万没料到陈青山那么大胆，吓得赶忙向后退了两步，一直到把陈青山押回拘留室，黑汉都不敢再吭一声。陈青山放松了警惕，一进门就斜靠在床上闭目养神，谁知道黑汉把关上的牢门突然打开，冲到陈青山跟前就踢了一脚，大皮鞋一脚踹到心窝上。陈青山立即昏了过去，醒来后，黑鬼早已逃之夭夭了。此后每逢阴雨天，陈青山的心窝里都会隐隐作痛，直到前几年去检查，还发现有阴影。陈青山对帝国主义的仇恨也就像这阴影一样，永远不会消失。

大约两星期之后，法庭以马共嫌疑分子的罪名判了陈青山和江田半年徒刑，送往监狱。

在狱中，陈青山见到了马来亚抗日救亡运动的领导人杨少民、张理、梁球、韩光、范存道、陈美、方克、许文书、江田、范泽川、陈农、林阿妹、陈依元、黄汉光、李修校、谢应权等 20 多位同志。

杨少民是个很有组织能力的领导人。他一进监狱就把监狱里的政治犯组织起来，跟敌人展开各种斗争。

负责管理监狱的是个典型的英格兰籍的白种人。他每天都叫警察把犯人带到一个长方形的院子里，给他们加工椰子壳纤维。刚开始，他对犯人很苛刻，限定每人每天都要锤足半斤纤维，如果完不成定量，就要被关进黑牢房。

这个黑牢房是狱中专门用来惩罚所谓违反狱规的犯人的黑房子。住黑牢的犯人每天只吃几个黑面包，房子的条件很差，十分阴暗、潮湿，关在那里对健康十分不利。这一规定对犯人压力很大，不少革命同志都因完不成定量而受过惩罚。为了逼使敌人取消这一规定，杨少民、陈青山领导狱中的难友用绝食和集体怠工的办法对敌进行斗争。

当时，英国当局为了欺骗舆论，曾大肆吹嘘其对待犯人怎样"文明"，怎样"博爱"。每个月，他们都请当地有"名望"的绅士来视察监狱，妄图借绅士之口来为他们涂脂抹粉，掩盖他们的罪恶。

有一次，英国佬陪着一个绅士来视察监狱。他拄着文明拐杖，缓步来到犯人面前，点了点头便问道："大家都好吗?"可是，犯人们既没人说一句"好"，也没有人点一下头，一个个都是面带愠色地一个劲地摇头。这可把英国佬气坏了。因为这一来就等于在社会舆论面前说他"管理无方"了，顶头上司要是怪罪下来，他就不好过了。

杨少民、陈青山他们还通过做工作，把看押犯人的警察争取过来，给狱中同志的生活带来了许多方便。

监狱的条件稍有改善，陈青山他们就抓紧时间见缝插针地组织学习。学习的时间主要就是劳动的时候。犯人是在一个长方形的院子里锤椰子纤维的。大家一个紧挨一个，基本上排成一路，就利用这个条件，他们以相互靠近的三五个人为一个小组，以组为单位组织学习，监狱里没有书报，学习的内容就是各人入狱前学过的毛泽东同志的《论持久战》等抗日救亡著作。学习的办法是由学习得比较好的同志回忆学习过的内容和自己的心得体会，而后向小组的同志介绍。工场上只有一个警察站在门口监视犯人，离得较远。开始，陈青山他们指定一个同志负责留心他的举动，看他走近了，就咳嗽一声；他走远了学习就照样进行。后来，又把他争取过来了，由监视犯人的哨兵变成了狱中革命同志的耳目，学习就更自由了。陈青山他们还通过警察和送饭的刑事犯人秘密传进一些进步书刊来学习。

英国当局对狱中"犯人"不管什么性质，监期满后，一律作为"不受欢迎的人"驱逐出境。因此，难友们都抓紧时间做好回国投入抗日战争的准备，除学政治做好思想理论准备外，也抓紧锻炼身体。陈青山每天天一亮就起来，在那不到八平方米的牢房中原地跑步，然后做体操，又把几块床板叠在一起，用双手托着上举，以练臂力。

通过学习，视野开阔了，飞出牢笼，回归祖国，奔赴新战场的愿望就更加强烈了。日盼、夜盼，这一天终于到来了。

五

1940 年底，陈青山同江田监禁期满。当局旋即宣布他们是"不受欢迎的人"，押送到拘留所，候船押送出境。在拘留所期间，他们同蔡永添、刘青云等同志接上了联系，党组织又派金惠余去探望他们，告知到香港后接转组织关系的手续，给了他们经济上的资助，并指定陈青山负责联系和沿途的组织领导工作。

当时，在拘留所候船出境的人除陈青山、蔡永添、刘青云、林阿妹等 20 多位政治犯之外，还有参加罢工、罢课的工人、学生和一些刑事犯，共 100 余人。

上船了，他们被押送到最下面的一层底舱中。在黑暗的底舱里，100 多人挤在一起，阵阵恶臭使人直想呕吐。但陈青山意识到这正是宣传抗日的好机会。于是，他用胳膊碰了碰旁边的江田，对他们说："我们还是唱唱歌吧！"江田等人欣然同意。

"起来！不愿做奴隶的人们……"不知是谁用嘹亮的嗓子唱起了《义勇军进行曲》。

"起来！起来！起来！我们万众一心冒着敌人的炮火，前进……"后来同舱的百余人都跟着哼了起来。

陈青山看到大家的热情很高，这首歌唱完又叫人指挥再唱一首。有些歌大多数人还不会唱，刘青云便站出来教大家唱，诸如《大刀进行曲》《到敌人后方去》《我的家在东北松花江上》等。深沉、悲壮的歌声像春雷震动着整个船舱，同时也震动着每个人的心灵。

接着，陈青山因势利导，给大家宣传抗日救国的道理，进一步启发大家的抗日热情。当时，他们这百余人中，有许多人身无分文，有的人缺少衣服。陈青山等人就号召大家发扬互助互爱的精神，有钱的出钱，有物的出物，很快就募捐了数百块大洋和一批衣服，分给没有钱和缺少衣服的人。

在海上漂泊了五天，火轮便顺利抵达香港。英帝国主义者为了显示他们的淫威，给香港同胞一点"颜色"看看，竟强押着这些人从码头步行到香港拘留所。那些穿着西装革履的公子、长袍马褂的先生、欧式衣裙的小姐、旧式旗袍的太太和短裤赤膊的苦力……一个个都好奇地看着他们。陈青山想，难得有这么多的人走到我们跟前来，这不是很好的宣传机会吗？于是，他便领着大伙呼起口号来：

"打倒日本帝国主义！"

"坚决抵制殖民政策！"

"全世界无产者联合起来！"

一声声响亮的口号声在香港热闹的街头上空回荡，惊动了远远近近围观的群众。呼完了口号，他们又唱起了《义勇军进行曲》和《抗日救亡进行曲》。雄浑、悲壮的歌声震撼着每一个围观的男女，同时也震撼着押解"犯人"的敌人。敌人万万没想到，犯人们会那么大胆，他们想制止可是根本制止不了；想大打出手，可身旁有那么多眼睛，怕受到舆论的指责。目瞪口呆之余，他们也毫无办法，只好紧催"犯人"快走。

于是，陈青山他们又被押进香港拘留所。

六

陈青山一行人一进香港拘留所，就按照先前所定的联络暗号，写信跟中共驻香港的某联络点联系，可是迟迟不见有人来接头。此时，国民党当局却乘虚而入，他们派人来"探望"这些政治犯，甜言蜜语，问寒问暖，颇有"怜爱之心"，并且一再表示：为了使他们回到祖国不至于流离失所，政府举办了华侨训练班，经过训练后再进行妥善安置。此时，陈青山他们却在拘留所墙上发现了"华侨训练班再见"等字样。

这些都像一团团迷雾萦绕在陈青山等人的心头。为什么组织上不派人来接我们，而国民党对我们却那么感兴趣？难道前两批被驱逐出境的同志（梁球等人是第一批，杨少民、张理等人是第二批）没有接上组织关系？透过一层层迷雾，陈青山意识到，要在香港等组织来安排是不可能的了。那么，先回大陆去能找到组织吗？能否在途中同东江游击队的同志接上头呢？对这两种设想，大家心里都没底。为了以防万一，他们研究决定，订出了如下纪律：一是不能暴露自己的身份，万一暴露了，也要保持革命气节，绝不出卖同志；二是采取单线联系的办法，防止被一网打尽；三是分工继续做好同行群众的工作，取得群众的掩护。

于是，他们在既不见组织上派人来接，也看不到东江游击队的同志的情况下，只好听从国民党官员的指挥，到乐昌指南乡"华侨训练班"的所在地。

所幸的是，陈青山一行人一到那里就见到了原来马来亚抗敌后援会的交通员曹桂亲同志。

原来，国民党官员带着第一批被驱逐出境的学生奔赴乐昌时，刚离开香港不远就碰上日机轰炸。乘那混乱之机，杨少民、张理、陈荃、曾大良、林金立、黄汉光等便逃出来了。曹桂亲是杨少民在逃跑时让他留下来的，他的任务是在"华侨训练班"隐蔽下来和后面被驱逐出境的学生联系，告诉他们新的联络点。梁球则是第二批出境同志的负责联系人。曹桂亲到"训练班"之后，找到了看守学生的一个连的老乡连长，靠连长的关系当了该连的一个勤务兵，利用这种身份掌握情况，进出训练班都方便，就成了后来学生的联系人。曹桂亲告诉陈青山等人，这个所谓训练班实际上是个集中营。它设在乐昌指南乡，"学员"都分散住在农民家里，驻地没什么设防。"学员"有三批，共六七百人，绝大部分都是在海外参加过罢工、罢课斗争而被驱逐归来的工人、学生，也有一批刑事犯人。三批"学员"分别编为三个中队，每个中队又编为几个区队。区队长以上干部基本上都是刚从国民党军官学校中毕业的军官。

这个"训练班"的任务是：一要从华侨中查出抗日救亡的坚定分子，从中加以收买或镇压，以割断他们与中共的联系；二要通过所谓"收容受难华侨办训练班，然后予以安置"，以表示政府对华侨的"关心"，借此蛊惑人心，捞取政治资本和经济资助。表面上它给"学员"

以"活动自由",而暗地里却抓紧进行特务侦察活动。

当时,正是皖南事变不久。梁球告诉陈青山,在"训练班"里,国民党正利用"皖南事变"大造舆论,妄图颠倒黑白,混淆是非。为了强奸民意,他们还强迫"训练班"的人签名声讨新四军。其中,原星洲橡胶工会的负责人——万峰也签了名。

看来,这个虎狼之窝并非久留之地。于是陈青山和梁球商定,及早逃出"训练班",接上关系后再设法让其他同志跳出这个魔窟。但是他们还没行动,敌人已开始注意他们了。首先是敌人宣布梁球"失踪"——实际上是由于万峰的出卖,敌人把他抓起来了;接着是敌人频繁活动,不断找人谈话,威胁利诱、逼人就范。叛徒万峰的活动特别引人注目。他以征求意见为名,到处找人谈话。因为他们还不清楚陈青山的身份,也曾找陈青山试探。有一天傍晚,他故作亲密,找陈青山散步。闲扯了一会儿,他就笑着对陈说:"训练班的领导想在华侨难民中吸收一批国民党三青团员,你愿意参加吗?"陈青山为了避免他的纠缠,满不在乎地说:"人各有志,谁也不愿意去勉强谁,谁也不会去羡慕谁。如今国难当头,谁还有心思去加入这个党、那个党的啊!我什么党也不想参加,只想抗日救国。"万峰吃了个软钉子,心里怪不舒服的,但又不好发作,只好强作笑脸,口里只说:"那是,那是,人各有志不能勉强。"就跟陈青山分了手。然而,敌人并不死心,过了一天晚上,又突然派人找陈青山谈话,还是那样收买拉拢,连唬带骗。陈青山早已领教过了,这一招自然是不灵的。

"训练班"每天要上六七个钟头的课,除上军事课外,还要上政治课。每逢上政治课,内容无非是三民主义、反共救国的陈词滥调,或把共产党大骂一番了事。对此,大家又厌烦,又气愤,谁都不想听,往往教员在台上声嘶力竭地讲,学员在台下呼呼大睡。分组讨论,洋相就更多了，教员来了，大家一声不吭；教员一走，学员就"八仙过海，各显其能"，讲故事的、说笑话的、打牌的，应有尽有。一到休息时间，尤其是晚饭后，大家就像刚出笼的鸭子，成群结队地到营区外面去玩。久而久之，军官们就认为，这些华侨都是花花公子，流氓玩仔，自由散漫，不守纪律，不好管的。正是他们的这种错觉，促成了陈青山他们逃跑的成功。

"训练班"原是规定星期天不放假，不准到乐昌县城玩或去买东西，他们想逃跑也找不到机会。陈青山他们就制造舆论说："我们在国外受尽帝国主义者的欺压，失去人身自由，回国后又被当作犯人看管，连乐昌都不准去，这不是变相坐牢吗？"这话戳到了敌人的要害处。他们怕"学员"闹事，社会舆论对他们不利，便不得不同意星期天放假，让大家到乐昌城去玩，但要以区队为单位，由区队长带队。

可以去乐昌，就有办法了。陈青山他们暗暗打算，星期天到乐昌时就从那里逃出去。他们的目标是经韶关到湛江的联系点找组织关系，这个联系点是杨少民交代曹桂亲告诉梁球和陈青山的。

星期天一到，他们跟区队长漫不经心地来到了乐昌城。一进城，他们就按照事先的安排分头活动：蔡健、刘青云、苏达钦等把区队长哄到茶楼喝酒；其他人则在曹桂亲的带领下，秘密到车站候车。

一切都很顺利。不一会儿，他们就告别了萧条、破旧的乐昌城。陈青山、江田、谢应权、李修校四个人坐在"咔嚓嚓、咔嚓嚓"响动的车厢里，不约而同地舒了一口气。牢笼，算让他们冲出来了！

七

火车把他们带到韶关。他们先找李修校的亲戚，可是，东寻西觅都不见李修校亲戚的影子。茫茫山城，人地生疏，举目无亲。万般无奈，他们只好怀着闯一闯的念头，又登上了去桂林的列车。

不久，他们到了桂林，在那里他们找到了吴运彬。吴运彬原是槟城中华中学的进步学生，抗战爆发后，国民党军校要在马来亚招考一批青年学生，经组织批准，吴运彬应考来到了桂林。吴运彬来见陈青山一行时，一同前来的还有两个人，一个叫陈禾，一个叫樊康，在新华社驻桂林办事处工作。陈青山请求他们帮忙办理去湛江的手续和想办法营救在"华侨训练班"的同志。

经再三考虑，陈青山决定四人分两批走。他和李修校先去湛江，江田和谢应权暂时留在桂林。这样做，主要是因为要留下人来配合办事处的同志设法联系和营救"训练班"的同志，同时也是因为路费有限，也考虑到万一去湛江接不上关系，回来也有个立脚点。

陈青山和李修校来到湛江后，先找个旅店住下，便直奔联络点联系，可是到了那里一问，都说没有此人。他们想，可能是保密关系，不轻易接头，他们便住下来，第二天又去寻找，结果还是扑空。五六天过去了也不见有消息，眼看着盘缠已所剩无几了，他们只好作重回桂林的准备。买车票的钱不够，他们不得不把表和钢笔都卖了。临走那天，他们心里既苦闷又烦躁，为了解闷，便决定到咖啡店去喝杯茶。于是，在昏黄的街灯下，他们迈着沉重的脚步向咖啡店踽踽而行。突然，一个熟悉的身影在他们的身边一晃而过。李修校眼睛一亮，惊奇而又兴奋地对陈青山说："哎，那个人有点像大梁，我们赶上去看一看。"说着，便快步向前追去。等看清了是大梁，李修校冲上去，一把就抱住了他，几个人高兴得眼泪都流出来了。

大梁姓曾，原是新加坡抗敌后援会文化界的负责人之一，职业是中学教员，李修校是他的学生。他告诉陈青山和李修校，杨少民和张理等都住在这里的？塘村。于是，第二天一早，大梁就带陈青山和李修校去见了他们。

陈青山两人向杨少民、张理汇报了从新加坡到乐昌而后脱险的全过程，并写了一份揭露国民党当局在"华侨训练班"的罪行材料，交给了他们。杨少民等向香港南方局的党委汇报了陈青山和李修校的情况，南方局党委决定同意接受陈青山和李修校的组织关系，并指示他们随杨少民、张理一起去海南岛从事抗日斗争。

1941年9月初的一个夜晚，陈青山他们终于乘上了海南特委派来迎接他们的交通船。从此，陈青山便开始了他传奇般出生入死的戎马生涯。

列宁的中国卫士李富清

————

李兴沛

李富清的一生十分曲折而富于传奇色彩。他是第一次世界大战时被骗卖到俄国去当劳工的。他当过德国人的俘虏，获释后参加了俄国布尔什维克领导的游击队，十月革命时改编为红军。他曾是列宁卫士队的成员，同列宁有过较多的接触。在苏联国内战争时期，他转战于乌克兰、北高加索和波兰等地，四次负伤，并会见过苏联元帅伏罗希洛夫、布琼尼。战争结束后，他又在顿巴斯矿区参加建设工作。

1932 年李富清回国探亲途经新疆时，被新疆军阀盛世才阻滞在新疆，直到新疆解放后，他才成为光荣的中国人民解放军的一员。

1957 年 11 月，李富清被选为中国劳动人民代表团团员，和刘宁一、钱俊瑞、许广平、老舍、田汉、梅兰芳、王昆等同志一道，去莫斯科参加十月革命 40 周年庆祝大典。他先后会见了毛泽东、周恩来、邓小平、彭德怀、宋庆龄等国家领导人；还访问了列宁格勒、基辅等大城市，并会晤了 40 年前在苏联红军中并肩战斗的老战友。

李富清的早期经历，既反映了旧中国贫民的悲惨遭遇，也记录了中国劳动人民为建立世界上第一个社会主义国家所做出的不可磨灭的贡献。因此,我把自己几次采访李富清时的所得汇成这篇文章,以期让读者了解当年列宁的一个中国卫士的经历,或许能对历史学家了解这一时期的情况提供一些参考。

不幸的家庭

1898 年冬季,在奉天城的贫民窟里,一个由山东跑到关外来谋生的李木匠家,"咕哇咕哇"地诞生了一条小生命,他的名字就叫李富清。

木匠的母亲是个盲人,妻子是个农村妇女,她们离开土地以后就无计谋生,所以只有依赖木匠做零工赚几个钱养家糊口。孩子出世后李家家境更加困窘,产妇由于吃不饱,没有奶汁喂孩子,小生命一出世就处于半饥半饱之中。

更不幸的是,这个穷家在随后的五年里又连续添了五个小生命,即使李木匠有鲁班的能耐,也无法满足这八张嘴巴的需求啊。迫不得已,李木匠只得把两个婴儿送给别人。李富清因是长子,才得以留养家中。他从六七岁时就开始到铁路边或工厂倾倒煤渣的地方去捡煤核,以帮助困难的家庭。

李富清 12 岁那年,经人介绍到郊外一位财主家当猪倌。有一天不小心,跑失了一头猪,他不但挨了打,而且被辞退。第二年又到另一个财主家当牛倌,这一次他再不敢粗心大意了,谨谨慎慎干了三年没出差错。

李富清 16 岁时,父亲把他送到一家夫妻饭馆当学徒。那时候当学徒要三年才能出师,第一年根本就别想学技术,只能在馆子里打杂、应差,而且是无偿劳动。白天给顾客送茶送菜,帮师傅洗碗扫地、买菜择菜;晚上还要帮师傅家洗衣做家务。李富清是个懂事的孩子,尽管师傅不教他烹调技术，但他却在暗中留意，看师傅如何操刀，如何配菜，如何掌握火候。有时师傅外出，他就照葫芦画瓢，按师傅的操作程序做菜，也能应付零星顾客。即使是这样辛勤地劳动，师傅家还是嫌他手脚慢。李富清真是窝了一肚子气。他想，这里不是久留之地。

李富清的奶奶和父母生怕孩子将来找不到媳妇，到处托人给李富清找对象。后来有一个姓王的拉东洋车的车夫，也是个穷人，他家女儿多，也怕将来找不到婆家。于是经过媒人的撮合，李王两家就联姻了。

李富清在饭馆一月只能挣到一块钱，于家庭毫无补益。这年他母亲又生下一个男孩，家人增加到八口，家里经常三天两头揭不开锅，娃娃们饿得哇哇叫。李富清在饭馆虽然能吃饱，但他时刻惦记着家里的老老少少在挨饿。生活的煎熬，使他认识到世道的艰辛，过早地成熟了。他不忍看着家庭的重担，把日益衰弱的父亲压垮、压死，决定替父亲分担一部分重担。正好，第二年抚顺煤矿招收装煤工，听说一个月能挣十多块钱，于是李富清就和表哥一道去抚顺下了煤窑。

在煤窑装煤不但非常辛苦，而且危险性也很大：塌方、瓦斯爆炸、挖通地河等意外事故，时刻威胁着"煤黑子"们的生命。每日下去了能不能上来，谁也不知道。而最令人失望的是，名义上能赚十来块，但经过资本家和工头的七克八扣，只能剩下五六块。这点钱仍是杯水车薪，救不了家中的"穷火"。李富清后来回忆说："当时，我真像热锅上的蚂蚁，到处打听，只想找个能赚钱的好差事，每个月能捎十几块钱回家去。"

1916 年 4 月间，煤矿工人中忽然流传着俄国人在沈阳招工人的消息，说是只要谁愿意去俄国，就能领到几百"羌帖"（旧俄卢布）安家费。于是很多煤矿工人跑去报名了，而且的确有人领到 200 羌帖。

一次能拿到 200 羌帖，这简直是千载难逢的机会！李富清惊喜异常，他和姑表哥陈智荣、姨表哥吴志华商量以后，并征得家人的同意，决定一道到俄国去。

李富清和表哥一道到奉天西关老爷庙去报名。当体格检查的时候，他们三个唯恐不合格，李富清更怕人家嫌他年纪小，就虚报了一岁。检查结果，三人全都被收下了。李富清又心酸又高兴地把 200 羌帖交给父母。从此，他的人身再也不属于父母、不属于自己，而是属于招工的领队人了。

第一批报名的共有 3000 多人，临上火车时，在人群中流传着一个消息：俄国给招工领队的，每个劳力不是 200 羌帖，而是 500 羌帖。

有人去问领队的："俄国人给的是 500 羌帖，你们怎么只给 200？"

领队的人冷笑着说："我们给你们白干吗？那 300 羌帖是手续费，你愿去就去，不愿去就退钱来，滚你的蛋！"3000 余苦力只好忍气吞声。

就这样，刚满 18 岁的李富清，泣别了奶奶、爹娘以及岳家，坐进了俄国闷罐车。在连续不断的车轮撞击铁轨的嘈杂声中，离开了祖国，去了一个完全陌生的国度。

沙皇是个国际大骗子

1916 年 5 月上旬的一天，火车拉着这 3000 苦力往西开去。走呀走，好像铁路没有尽头！越往前走，停车、换车的次数就越多。停停走走，走走停停，火车竟在铁路上转了 20 多天，转得所有的中国苦力晕头转向，谁也分不清东南西北，谁也不知道到了何处何方。

有人感到奇怪：为什么这么远啊？有人去问领队的，领队的说："俄国大着哩，又不叫你们跑腿，慌什么？"

闷罐车里黑黢黢的，除了吃饭、解手开一开铁门以外，其他时间车门总是锁着的。

火车最后停下，领队兼翻译（实际上就是把头）下命令道："到了！下车吧！"

大家下车一看，除了一些木头房子以外，连一户人家都没有，眼前是一片大森林！

有人问翻译："工厂在哪里？"

翻译说："在林子里！"

大家感到很奇怪，这是什么工厂呢？设在林子里？更奇怪的是，翻译不叫大家到工厂去，而叫大家住在那些长了野蘑菇的木头屋子里！

翻译说："先给工厂伐树、修路。路修通了，工厂就到了。"

俗话说：在人矮檐下，怎敢不低头。中国苦力抱着半信半疑的心情，开始替"工厂"伐木、修路。晚上，木屋子不够住，有的就住在帐篷里，有的甚至睡在露天下。吃的是黑面馍或土豆。

四五十天以后，忽然从西方来了许多沙皇的军队，他们一到，立即逼着中国苦力挖战壕。不服从的就鞭打靴踢。中国苦力立即陷入人间地狱。有的人想逃跑，可往哪里逃呀？人生地不熟，语言又不通，路隔万里，身上一个钱也没有，能逃到家吗？这真是叫天天不应，喊地地不灵！

原来，这是沙皇政府精心设下的一个大骗局。当时，正是第一次世界大战席卷欧洲的时候，俄国与奥德作战正酣，人力奇缺。沙皇为了搜罗苦力挖战壕，就与中国东北军阀勾结，玩弄了一个"招工"的把戏。

中国苦力挖战壕的地点就在奥匈帝国与俄国的边境上。挖战壕几乎是夜以继日，很多苦力累病了累死了，俄国军官也不管。有个苦力累病了，躺在床上不能动弹，沙皇军官硬说他有意怠工，用枪逼着他去挖战壕，这个苦力实在受不了，就在这天晚上上吊自杀了。还有个姓王的苦力，宁肯残废，也不愿出工，就故意把自己的手折断了。这类令人心寒的事情，几乎每天都有。

没有多久，忽然从西方传来了炮声，中国苦力更慌乱了。

就在这时，有个绰号叫吴二虎的中国苦力实在忍无可忍，串通大家罢工，在这人人心头愤恨如火的时刻，大家的心拧成了一根反抗的绳索。大家推选了吴二虎在内的、能说会道、见义勇为的五位代表去找总领队说理，要求把大家送回中国去。结果五个代表都被抓起来了。两天以后，德军把这个地区包围了。中国的苦力和沙皇军一块儿成了德军的俘虏，那五个代表这才回到大伙中来。

中国苦力被德军赶到集中营后，就像由 18 层地狱进入 19 层地狱。德军比沙皇军更凶狠，每天发给俘虏的食物，是只有茶杯大小的黑面包，咬起来沙子硌得牙痛。即使是这样，德军还白天黑夜地强迫着中国苦力修监狱、修道路，稍有怠慢，皮鞭、马靴像雨似的打来，甚至用刺刀捅。多少人被折腾得死去活来，活活累死、饿死。集中营里每天都用卡车往外运尸首。这就是帝国主义战争给中国劳苦人民带来的"恩惠"。

参加游击队

1917 年春季，一些侥幸活下来的中国苦力，在忍受了地狱般的生活以后，谁也不知道是什么原因，突然间的一天，竟被德军释放了。他们和俄国俘虏一同返回俄国，大家希望从此过上人的生活。但是，这个最低的希望，立即破灭了，等待着他们的仍是饥饿和死亡。因为这时，沙皇一方面忙于对德战争；另一方面还在继续镇压国内革命运动，整个俄国农村都处于极端贫困和异常混乱的状态中。

正当这饥饿的人群流落在乌克兰草原上的时候，有一天突然有一个叫做伊凡诺夫的俄国人唤住了大家：

"伙计们，我们要活命就只有组织起来，去打沙皇军队。沙皇军队仓库里有麦子、有衣服！要不然，我们就没有办法活下去了！"

他这一句话，真像拨火棒似的，一下把大家心中的火拨燃了，人们都像在黑夜里忽然看见了亮光。李富清这时已经能听懂几句俄语了，他认为这个俄国人说得很对，便和陈智荣、吴志华等人商量，大家都同意跟伊凡诺夫走。于是170多个中国苦力和300左右的俄国人就组成了一支游击队。伊凡诺夫成了游击队长。他们靠着从战场上拾来的几支枪，先围攻了一个小镇上的沙皇警察局，夺得了30多支枪。以后又击溃了一连沙皇军，夺得了近百支枪。这样，队伍就装备起来了。他们继续攻打城镇，打开沙皇的仓库，游击队拿不走的东西，就发动乡民们去拿。有时，粮食吃完了，就挖野菜，乡民也送些土豆或玉米来支援他们。

在游击队里，中国同志和俄国同志相处得十分融洽、友好。队上得到了白面，俄国同志总是先分给中国同志吃；好的衣服，也先分给中国同志穿；能够住上房子的时候，也总让中国同志住好房。最初，中国同志还没有发觉这种情深意切的阶级友爱精神，以后次数一多，中国同志就知道了。于是，中国同志也仿效他们，得到白面时就做成面包送给他们；见到俄国同志的衣裳破了，还帮助他们缝补……虽然彼此国籍不同，语言各异，但彼此之间却亲密得像一家人。

这支队伍就这样生存下来了。随着日月的流逝，李富清也渐渐明白了，原来这支队伍是属于布尔什维克领导的革命武装。

但是，不幸得很，有天晚上去攻打一个火车站的时候，队长伊凡诺夫牺牲了。同志们都很悲痛，深深地怀念着这位引导大家摆脱饥饿和死亡的引路人。

由于有布尔什维克的领导，这支队伍并没有因队长牺牲而涣散。相反，大家化悲痛为力量，战斗意志更坚强了。队伍一天比一天壮大起来，因为这时，农村有大批饥饿的农民，城市有数不尽的失业工人，当游击队经过他们身旁时，就像吸铁石挨近铁末一样，把他们纷纷吸引到这支队伍里来了。参加游击队的中国同志也越来越多，后来竟增加到五六百人。为了便于领导，上级就把中国同志编成了中国支队。支队长就是吴二虎。这时，中国同志大部分都能说半通不通的俄国话了。

一次意外的收获

有一次，游击队在别尔戈罗德附近攻下了一个千来户人家的小城。纵队司令部就驻在小城，三个支队分别驻在小城周围的村庄里，彼此相距 10 至 15 公里。中国支队驻在城西的小庄上。

一天傍晚，纵队的通信员骑着快马飞奔而来。到了团部（当时中国游击队员习惯称支队为团部，称吴二虎为团长），交给吴团长一份通知后，立即飞马回纵队部去了。

吴二虎当时不识俄文，恰巧翻译又在头天受伤住院去了。这可把吴二虎急坏了，他不知道通知上写的是什么。他忽然想起团里有个老陈曾在哈尔滨俄国洋行里当过工友，多少还识几个俄国字，吴团长就把老陈找来充当临时翻译。老陈拿着那份通知看了半天，才结结巴巴地说："大概是叫咱们明天上午 10 点钟去领给养。"

吴二虎一听说是领给养，就把通知放在一边了。

第二天上午 10 点钟，吴二虎命令一区队去纵队部领给养。李富清这时就在一区队当组长。他们 50 多人，沿着一条干涸的河床向小城进发。

这条河床西边是个树林子，东边是一人多高的岸坡，由岸坡上向东去，就是一马平川的田野。田野里有公路，公路以东还有一条铁路。

大约走了七八公里，李富清他们发现公路上有一大队骑兵，由小城出来向西南前进。可是他们穿的服装不像是自己人。区队长马上命令部队进入西岸的树林子，准备战斗，并派李富清等 6 人前去东岸侦察情况。

李富清爬上岸坡，借着庄稼的掩护，向公路潜行，来到离公路三四百米的地方，看见那骑兵的帽檐上仿佛有一圈白边。当时，他们还不能断定到底是谁的部队。他们又静观了一会，发现了对方有一面旗子，旗的上半边是白色，下半边是黑色，这才肯定是敌人。

李富清把探得的情况报告区队长，区队长一面命令继续监视敌人的动向，一面派人去报告团长。

一个多钟头以后，吴二虎带着队伍来了。这时敌人的骑兵已经过完，后续部队是步兵。据估计，大约有五六千人。

这时，同志们知道小城已经落在敌人手中了，纵队部怎样了呢？是撤走了？还是被敌人包围了呢？大家都非常担心。吴二虎派去联络其他两个支队的人回来说：两个支队都撤走了，不知上什么地方去了。这么一来，大家都像掉在闷葫芦里的小虫子，不知该怎么办。

吴二虎略微考虑了一阵，他的虎劲上来了。他说："不管它！我们抓住机会，打了再说！"于是，他命令部队埋伏在树林子里严密监视敌人，只要敌人不发现我们，我们就不开枪，等敌人过完了，再去攻打小城。

到下午 3 点多钟，公路上的敌人过完了。又等到太阳沉落在地平线以后，部队就分北、东、南三路向小城发动了进攻。

李富清随着一区队由北路攻进城去。城里只有五六百敌军，游击队的突然袭击，使得敌人大为慌乱，只打了半个多钟头，一区队就占领了五六条街。其他两路也攻进了城。

李富清他们便直向城中心插去；快到一个十字路口的时候，他们看见一个楼上有人向街上射击。区队长立刻命令李富清、陈智荣等十几个战士从小楼的后院攻进去。

这十几个战士翻过了一人多高的围墙，到了小楼的后院。敌人只顾对付前面的游击队，所以没有发觉后面进来了人。李富清等十几个人就挨着院里的树木迅速冲向楼下。

这是座两层楼，楼前一排房间临着大街，楼后一排房靠着后院，楼下的房子里黑黑的，好像没有人，楼上的窗户里还透出灯光。这幢房子的楼梯设在楼后的房檐下，上了楼就是个长廊，长廊一边临空，一边靠二楼的门窗。李富清吩咐四五个同志在楼下掩护，他自己带领七八个同志摸上楼梯，冲到窗口，把枪伸进窗户，大喊道："举起手来！"

室内的敌人是几个下级军官，他们正在灯下慌乱地收拾文件，看样子是准备逃走。游击队的突然出现，吓得他们魂飞魄散，身子像筛糠似的发抖，双手颤抖地举到头上，文件撒了一地。

这时，临街的那间房子还有枪声。陈智荣和另外两个同志穿过与长廊成丁字形的甬道，到了前楼，哗的一下踢开房门。房子里黑洞洞的，他们便向里面连续扫射。与此同时，房间里的敌人也开枪了。陈智荣感到腿上震了一下，他知道自己受伤了，就倚着墙壁，向室内猛射。室内的敌人一阵"啊哟哎呀"以后，就没有声音了。

有个游击队员在后楼的下级军官那里搜出一支手电筒，走到前楼一照，见一个士兵模样的白军倒在楼板上断气了，另一个敌人受了伤倒在楼板上，举起了双手表示投降。游击队员收缴了敌人的武器，再用手电筒往床底下一照，只见一个肩上戴金板板的家伙缩成一团，脸上露出绝望和恐惧的神色。游击队把他拖了出来，从他的服装和举动看，估计他是个大官。究竟是什么官，大家也搞不清楚，同时也没有时间去管这些了。

游击队把后楼的几个家伙押到前楼，都关在一间房里，派两个人看守。李富清立即去报告区队长。区队长就派人把俘虏押到团长那儿去了。

城里的残敌刚肃清不久，白天从公路上过去的敌人听说后路被游击队截断，就立即缩回来。吴团长又马上下令阻击；敌人因为不知道游击队有多少人，只得从东南面退去了。

原来纵队部来的通知是要中国支队在头一天晚上撤退，但是那个临时翻译老陈把通知错译成"领给养"，才发生了这次战斗。这天纵队还没有撤到预定地点，就听说敌人向后撤了，纵队还不知道是怎么一回事哩！后来又听说敌人是因为后方被人占领才撤退的，于是，纵队就发动了一次反击。敌人腹背受攻，只吓得屁滚尿流地逃走了。但这时候纵队部还不知道是哪一部分游击队干的这件漂亮事，直到第二天天微亮时，城里的中国支队和城外的纵队会师以后，才把这事弄清楚。

这次战斗，先后打死 800 多白匪军，缴获机枪 20 多挺。那个在小楼上被俘的戴金板板的军官，就是敌人的司令。从此以后，中国支队就出了名；敌人一听中国人来了，就吓得胆战心惊。因此，他们也特别恨中国人。

事后，纵队还派人专程来慰问中国支队，给每个战士发了一条毛巾。

这次误会，却引来了一场意外收获。

增加了新力量

1917 年夏季，李富清所在的部队已经改编为红军了。有一天下午，红军在罗汉斯克附近下了火车，去攻打斯坦尼目里哥夫克。他们走了两个小时，发现前面有敌人的骑兵，就停止前进，摆开阵势，准备战斗。

没多久，敌人的哥萨克骑兵冲过来，一场激烈的战斗打响了。战斗打了两个多小时，双方死伤都很严重；到天快黑的时候，由于红军有一部分由旧军官指挥的队伍叛变，红军被哥萨克白军包围了。当时，司令员下令突围，为了照顾中国同志，司令部决定由骑兵（俄国人）打冲锋，中国部队在中间，后面由俄国步兵阻击和掩护。当天晚上，一部分部队冲出包围到达罗汉斯克，但仍有三分之一的同志没有冲出来。吴二虎、陈智荣、吴志华等就是在这次战斗中和部队失去联系的，他们是死是活，始终无人知道。

1917 年冬天，李富清所在的队伍打到了固力斯克附近。

有一次，红军攻下了一个车站，白匪军残部沿着从车站通往森林的小铁道逃走。这条小铁道是专供森林运输木材的。这天晚上，有一位村民来告诉中国战士们说，森林里有个木材厂，那里还有 100 多中国工人。

第二天，王连长带着队伍沿着小铁路进入森林，一方面搜索零星残敌；另一方面想去看一看那里的中国工人。

大约走了十六七公里，小铁路在一个木材堆聚场上终止了。一辆小机车和七八节小车皮在生了锈的铁轨上静静地停着，机车和车皮上都盖上了一层雪花。这一切迹象表明这个木材场已经停工很久了。铁路两旁，堆码着许多木材，木材垛与垛之间，分布着很多手推车的轨道，像血管似的通向森林深处。集材场上一个人也没有，显得十分荒凉。

离集材场不远，有一条十来户人家的小街，街上还有一两家饭馆。很显然，这条小街正是因为有这个木材厂才诞生的。

中国战士刚进入小街，就碰见一些穿得破破烂烂的中国人，他们一看到中国兵，个个感到非常惊讶，以为自己在做梦；有的眼睛里闪着泪花；有的干脆围上来拉战士们的袖子……没多大工夫，就集拢来二三十个工人。他们纷纷相问："你们是从中国来的吗?""咱们中国也出兵了吗?""你们是怎么当了革命军的?""你们什么时候出国的? 到俄国多久了?"七嘴八舌,问得战士们不知先回答谁的问题;那股亲热劲,简直没法形容。

连长就把怎样出国、怎样打游击、怎样当红军的经过,原原本本地说了一遍。他们一听,更喜欢得跳起来了:

"你们也是被人家骗来的呀! 跟我们一样嘛!"

异国逢乡亲,情意比海深,何况还是同遭苦难的人! 这二三十个中国工人,一定要拉战士们到他们的"家"里去。

他们领着战士出了小街,沿着手推车轨道走进林子一公里多,才到了三栋用木头垒成的房子跟前,这就是他们的"家"。

房子里的 100 多工人听说中国兵来了,都出来欢迎,争着把战士们拉进自己的房子里去。木头房子很矮,进门要低头。高个子走进房子,头就挨着房顶了。

李富清被拉进东边那座房子。他一进门,只见左右两边壁下,各有一排通铺,每一边统铺上大约睡 30 多人。铺上有的垫着破褥子;有的铺着一张狗皮;有的什么也没有,就干脆睡麦草;甚至麦草也没有,就睡在从山上割来的野草上。所有的被子都卷成一小卷;白被单成了灰的;黑被单放着油光,而且都千疮百孔,破烂不堪。

房子中间,有个用石片垒成的长火炉,炉子里正烧着几块半干半湿的大圆木。大概是烟囱不通畅吧,白烟从炉口冒出来,弄得满屋子烟雾腾腾的。窗户既小,还用发黄的纸糊住,所以光线非常昏暗。

李富清刚一进屋,就被几只热情的手拉坐在统铺上,五六个像黑石头蛋子似的馍馍塞进了他的怀里。李富清拿起馍馍看了一眼,认得是麦麸子掺黑面做的。

一个叫王才的战士感慨地说:"你们的生活,比咱们打游击的时候还艰苦呢!"

劳工们纷纷诉苦:有钱人把我们坑死了,把人弄到这个鬼地方,离家几万里,跟家里音信不通,上不能上,下不能下,死不死,活不活。……我们三个月没有发工资了,木材厂的胖经理三个月以前就不知跑到什么鬼地方去了,丢下我们谁也不管,再过几天,连饭都没有吃的了。……我们想回家,可是这兵荒马乱的,谁也保不住在路上不会碰到更倒霉的事!……

一个20来岁的青年问:"你们哪一位是当官的?你们队伍里还收不收人?我,跟你们一块儿去成不成?"

他这么一问,可把其余的工人都提醒了,大家异口同声地说:"在这里等死,不如跟你们打仗去!"

王连长说:"只要你们愿意参加,我们是欢迎的。弟兄们,我们消灭白军以后,要做工的可以做工,想回家的可以回家,那时候就是我们的天下了。"

房子里立刻爆发出欢呼声,三个房子里的工人马上收拾东西、捆被子,一个不留地跟红军走了。几个生病的,也都被送到红军后方去了。

回到车站以后,团里立刻发下军装、武器。新战士们拿到这些东西,个个高兴得不得了,有的说:"我到俄国来以后,这还是第一次穿新棉衣呢!"有的说:"这到底是我们穷人自己的队伍,我们这才找到自己真正的家了。"

1918年初,李富清和其他200多人(其中有70多个中国同志),被调往彼得格勒担任列宁的卫士。在彼得格勒,李富清朝夕都能见到无产阶级革命导师列宁……

保卫列宁

李富清他们到达彼得格勒时，天气正冷。从火车上下来，只见车站外围挖了许多战壕；战壕在积雪覆盖的大地上蜿蜒曲折，就像一条条彩带，绕着彼得格勒这个庄严的城市。李富清他们一直来到了斯莫尔尼宫。老的卫士队员们热情地接待他们，并早已替他们把宿舍收拾好了；他们一到，老同志又忙着替他们扛行李，烧水送水，让他们洗脸洗脚，使新同志觉得就像回到了家里一样亲切和温暖。

第二天，卫士队长就向新卫士队员交代任务。队长首先介绍了彼得格勒的形势，当时彼得格勒的情况既紧张又复杂，苏维埃政府所实行的各种社会主义方针，都引起资产阶级及孟什维克和社会革命党人的疯狂仇视。一切受帝国主义唆使和支持的反革命势力，到处进行破坏，制造混乱，并寻找一切机会谋害列宁，所以队长说：

"我们的任务就是保卫弗拉基米尔·伊里奇！"

李富清当时很年轻，还不满 20 周岁，自小又没念过书，是个一字不识的文盲；到苏联后，又有语言的隔阂，所以，对当时周围的事物还不十分了解。他还不知道弗拉基米尔·伊里奇是个多么伟大的人物，只知道是个大首长。

上级安排李富清当小组长，在给列宁办公室站岗时，由他带一个小组。

李富清这个组站岗的第一天下午三点多钟，他们看见一位头戴黑羊皮帽、身穿黑羊皮旧大衣、左腋下挟着一个皮包、年约 50 岁的老者从外面走进来，他满脸微笑地打量大家。李富清和孙德元挡住了他的去路，要检查他的证件。那老者停住脚步，仍然微笑着等待他们检查。此时，恰好警卫队副队长走来，他看到这一情况，立即大声喊道："敬礼!"这使李富清他们几个人莫名其妙。他们见副队长向这位老者敬礼，也就跟着向他敬礼。老者颔首答礼，笑着走进办公室。

等老者走后，李富清问副队长："他是谁呀？"

"他就是人民委员会主席。"

李富清和孙德元几个人都吃惊了。李富清说："他就是弗拉基米尔·伊里奇吗？那为什么穿得这么差呀？"

副队长说："你以为领袖就应该比别人穿得好吗？那你就想错了，列宁就穿得最朴素。"

李富清说："我还以为人民委员会主席，一定比沙皇军官穿得还威武些呀。""嗯，我们的首长不作兴金肩章那一套。"

李富清心里又开始嘀咕起来，他问副队长："我们刚才挡住了他，他不会见怪？"

"嗨，不要紧，你们越严格，他就越高兴！"

李富清等几位同志就是这样认识了列宁。

从此以后，他们见到列宁来了，老早就准备敬礼，心里很紧张；但是没多久，他们的紧张情绪就完全消失了。因为列宁态度和蔼，平易近人，脸上总是微笑着，有时还找他们谈笑一阵。

有一天，天气很冷，树上缀满了雪花，李富清和其他三位同志，仍然精神抖擞地站在列宁办公室台阶下面。他们鼻孔呼出的白气，被冷风一吹，在粗呢大衣的领上凝成了白霜。这时，列宁从外面回来。列宁穿着一件黑色皮短大衣，戴着黑皮帽，神采奕奕地走来。李富清用响亮的嗓子喊了敬礼。列宁点头微笑说：

"不用啦，不用啦，天气这么冷，还站在这里，快！快！快站到过道火墙附近去，里面暖和一些呀！"

四个卫士都不肯进去，列宁一再叫，他们才站到过道里去了。

又有一次，列宁从办公室里走出来换换空气，碰到李富清和几个中国战士，就和他们聊天。列宁问他们："生活过得惯吗？吃得饱吗？住得怎么样？"

李富清说："生活过得挺好，也吃得很好。"

王才说："这比咱们以前的生活强多啦！"

列宁说："是呀！生活比以前是好一点点了，但是，这很不够。等咱们把白匪军和外国军队完全赶跑以后，咱们建设一个繁荣的国家，那时候，生活就会更好的。"

随后，列宁又和他们谈了一些别的事情，不知怎么的就谈到语言这个问题上来了。列宁说：

"你们的俄国话说得不错了，不过还应该学习识字，这样就更好一些。"

有个同志回答说："我们正在学啊。"

"正在学！那很好。"列宁鼓励地说，"有没有学习计划呢？"

"没有，"大家回答说，"高兴了就学一阵。"

"嗯，应该有个计划。"列宁思考了一下，又问道："有教员没有？"

"俄国同志都是我们的教员。"

"当然，"列宁笑着说，"俄国同志应该教你们。"

列宁又问中国话怎么说。于是，这几个中国战士就教列宁说中国话："你好！"

列宁也跟着说："你好！"

"吃饭。"

"吃饭。""喝茶。"

"喝茶。"

列宁高兴地、专心地学着。为了加强记忆，他又从口袋里拿出笔和笔记本，认真而迅速地记了下来。这时，真像年长的父兄和年轻的子弟在叙家常，那么亲切、那么融洽。

从这以后，列宁见到中国战士，就用中国话说："你好！你好！"

第二天，管理员就给每个中国战士发了一支笔和两个练习本。不久，卫士队还调来一位女教师，每天专给中国同志教两小时的文化课。毫无疑问，这都是列宁同志吩咐这样做的。大家非常感激地说："弗拉基米尔·伊里奇同志的工作这么紧张，还为我们学文化的事操心，我们一定要好好地学才对得起他啊！"

列宁关心卫士

有一天，大家正在食堂吃晚饭，列宁同志为了了解战士的生活，也到食堂进餐来了。

当时物质条件非常艰苦。地主、富农特别仇视苏维埃政权，他们把粮食都隐藏起来，不售给国家，企图制造饥饿，扼杀年轻的苏维埃政权。所以，当时卫队的伙食是：黑面包200公分、干鱼一块、索白汤一瓢。所谓"索白汤"，就是白开水煮洋芋、白菜，没有油。

大家正坐在桌子上吃饭，有人看见列宁来了，立刻站起来和他打招呼。列宁连忙扬着手阻止说："坐下吃，坐下吃。"

列宁走到一位俄国同志跟前，向那位同志借了一个饭盒子，然后也去排队领饭菜。排队的同志当然都想让他站到前面去，但他拒绝了。他一面和身边的同志谈话，一边眯缝着眼睛看同志们吃饭。

等了一会儿，轮到列宁领汤了，炊事员想让列宁同志吃得好一些，就从桶底多捞了一点洋芋片给列宁。列宁立刻对炊事员说："不要这样，大家吃什么，我也吃什么嘛！把多捞的倒了。"炊事员只得倒了重新给他盛了一碗。

列宁领到饭菜，就挨着同志们坐在条凳上吃起来。他问一个中国同志：

"这饭菜合你们中国人的口味吗？吃得惯吗？"

那个同志说："吃得惯，我在家里的时候，还吃不上这些东西呢！"

另一位同志说："这比咱们打游击的时候吃得好。"

列宁笑了。他又和大家谈了一些有关粮食供应的问题。吃完饭，他就走了。

还有一次，正是木柴供应困难的时期（那时，煤矿被破坏了，彼得格勒没有煤烧），列宁到卫士队的宿舍来了。他走到每个战士的床前，摸摸垫的、再摸摸盖的，问同志们冷不冷，身上长虱子没有。他说："物质条件虽然困难，但是还是要讲卫生，如果生了虱子，就容易传染疾病。"他又问房子里冷不冷，大多数同志都说不冷，只有一个同志轻轻地说了一句："木柴少了一点儿。"列宁立即听到了这句话，就说："嗯！柴少了一点儿？"他思索了一下，说："想想办法看。"

过了几天，一位农民从乡下赶了一辆四轮马车，满满地送来一车柴禾，还带来两口袋洋芋和白菜。农民本来是特地送给列宁的。列宁却把柴火分给了卫士宿舍；把洋芋和白菜送给了大食堂。

过后，管理员到了卫士宿舍，抱怨地对卫士们说："这点小事，你们也告诉弗拉基米尔·伊里奇！你们没看见他穿着大衣办公吗？他的办公室也缺柴火哩！"

听了这些话，很多卫士感动得流下眼泪，有的同志就批评那个说柴少的同志。那个同志难受地说："我又没有到弗拉基米尔·伊里奇的办公室去过，我要知道他穿大衣办公，我怎么也不会说那句话了。"

有几天天气比较暖和，地上的雪好像也快融化了，每个警卫战士领到了一双马靴。李富清和王才的马靴太大了，他们去找管理员想换一双合脚的。管理员说："不能换，发什么就穿什么吧。"

王才和李富清就商量着去找列宁解决。李富清说："走，咱们去找弗拉基米尔·伊里奇去。"

王才说："对，弗拉基米尔·伊里奇一定能替咱们解决。"

于是，这两个人就满怀信心地去找列宁。但是，一个工作人员不让他们进去，说列宁正在写东西。他俩一定要见列宁，工作人员就打电话去问列宁，列宁竟然同意接见他们。他们两个找着了列宁的办公室，先在门上叩了几下，只听得列宁在里面说："好，好，请进来。"

李富清和王才脱了帽子推门进去，只见列宁伏在办公桌上正在写东西。列宁见他们进来，亲切地招呼道："坐，坐下。"

李富清和王才没有坐就说："我们领的靴子太大了，不能穿，想请求换一双。"

列宁眯缝着眼把这两个中国卫士打量了一遍，他的眼光在李富清的右肩被枪杆磨破的地方停了一下，问道："只换一双靴子吗?"

"是的，只要求换双合适的靴子。"李富清回答说。

"行，行，"列宁说着，就拿起笔写了一张条子交给他们，要他们去找管理员，并告诉他们，如果有其他的困难，还可以来找他。

李富清和王才拿着列宁写的纸条去找管理员，管理员就带着他们两个，打开库房，让他们各自挑了一双合适的靴子。管理员说："把你们的衣服也脱下来。"

"脱衣服干吗?"王才奇怪地问。

"干吗? 给你们换新的呀。"

"我们没有要求换衣服呀。"李富清说。

管理员指着条子上说："弗拉基米尔·伊里奇叫给你们换衣服啦!"

李富清恍然大悟，他想："怪不得弗拉基米尔·伊里奇的目光停在我的肩上，原来是这么一回事啊！"他眼眶里禁不住涌出感激的泪花。

事后，队长批评了他们，说他们不该去打扰列宁同志。有的战士也开玩笑地说："我们也去找列宁同志换衣服去！"李富清两人才认识到自己的错误，如果大家都去找列宁，列宁还能安静地办公吗？

李富清在回忆这件事的时候，无限怀念和感激地说："我当时多么憨傻啊，为了那样的小事，居然去打扰无产阶级的导师！更想不到列宁在那么繁重的工作中，还来亲手处理这类小事，他对我们是那样关怀，他是一位多么慈祥的领袖啊！"

1918年3月，李富清随卫士队跟列宁一道转往莫斯科克里姆林宫了。到克里姆林宫以后，因为地方大，李富清见到列宁的机会就较少了。

1919年夏天，俄国国内被推翻的剥削阶级和被击溃的反动政党、军队勾结14个国家的反动政府，里应外合地向苏维埃政权发动了猖狂进攻。这次进攻主要是由盘踞在南方的白匪军邓尼金组织的，来势很猛，对年轻的苏维埃共和国构成了严重威胁。因此，列宁提出了"大家都去同邓尼金作战"的口号。列宁卫队的一部分人也调往南线作战，李富清就在其中。

临离开克里姆林宫的前夕，列宁还召集赴前线的卫士队同志讲话。他勉励战士要英勇战斗，不要骄傲，一定要把外国武装干涉者和白匪军彻底消灭干净！

从此以后，李富清就再也没有见到列宁。

向伏罗希洛夫和布琼尼汇报

邓尼金原是沙皇的将军，十月革命后逃至黑海沿岸及北高加索一带组织反革命武装，时刻梦想复辟帝制。1919年7月，邓尼金发动叛乱，率军从南向北进攻苏维埃国家，企图攻占莫斯科。苏维埃政权动员了全部力量去和邓尼金作战。列宁卫队的一部分成员参加了红军骑兵第一集团军，李富清分到了第三十三团任侦察班副班长。红军经过艰苦的战斗，于当年 11 月击溃了邓尼金匪帮，并于第二年春天将其赶下了黑海。就在这时，帝国主义又唆使波兰地主军侵入乌克兰。李富清又随部队去乌克兰回击波兰地主军。

有一天傍晚，红军追击波兰白军到达罗美尼附近，波兰白军钻进了一个树林子。由于树木的遮拦，视野缩小，波兰白军很快就逃散了。天渐渐黑下来，红军不得不在树林里宿营。

第二天拂晓，团长命令李富清带十几个红军战士去侦察进军的道路。李富清领着同志们从北边出了树林子，横在眼前的是一片草地。走在最前头的一位红军战士，刚催马踏进草地约 50 米远，忽然"扑哧"一声，马的前蹄一下陷下去了。马急得乱蹬，越蹬越糟，不仅前蹄陷得越深，而且后蹄也下沉了，一会儿工夫，马的身子陷下去一半。那位战士从马背上滚了下来，滚了好一阵才试着站起来。他对李富清说："班长，这是个泥潭，不能走人。"

李富清还不大相信，就另选道路试探着走，可是，差一点又陷下一匹马。李富清只得改变方向，沿着泥潭的边沿向西侦察，想找出绕过泥潭的道路。

走了五六公里，天色渐渐明亮起来，眼前的景物依稀可见，放眼望去，只见草地无边无际。班里的俄国战士马明特说："班长，这里对我们很不利，如果敌人从树林里围过来，我们就没有退路了。""对，我们还是回树林子去！"

当他们找到一条土路时，发现土路前面不远的地方有一辆大车在蠕动。"注意！前面有情况！"大家立即隐蔽起来，仔细观察。原来那是一辆堆满麦草的大车，车前坐着赶车人，麦草堆上还坐着一个人。

大家还是不敢大意，都把枪口瞄准了那辆车。等车走近一看，见坐在车前的是个 50 来岁的老农；坐在草上的是个十四五岁的小姑娘。这时大家才松了一口气。

赶车老人看到突然从树林子走出一班持枪的人，脸色都吓白了，停下车不知如何是好；小姑娘吓得直往麦草里钻，样子怪可怜的。

"老爷爷"，一个红军战士满脸笑容地招呼道，"不要怕，我们是红军，是穷人的队伍，是保护穷苦人家的"。

老汉一看当兵的个个面带笑容，知道他们毫无恶意，这才放心了。他说："你们是红军吗？我还以为又碰上白军了呢。你们拦住我干什么？想要麦草喂马吗？"

"不是的，我们想打听一下情况。"

"什么情况？"

"你看见白匪军没有？"

"看见了，早半个小时，他们向东南方向去了。"

"有多少人？"

"大约有 1000 人吧。"

马明特问道："北边这个泥潭有路通过去吗？"

"没有，要绕几十公里才能过去。"

李富清感到情况不妙：很显然，部分敌人转向树林的东南，是想利用北边这个泥潭来包围我们。他立即带领侦察班向团部飞奔。

李富清在一株大树下找到了团长。团长正和几个指挥员蹲在地上看地图研究情况。李富清仔细一看，原来师长也来了。另外还有两个不认识的人，一个是高个子、宽脸膛、眉宇间洋溢出一派英武之气；另一个是黑里带红的脸膛，嘴唇上有两撇引人注目的翘黑胡，眼睛炯炯放光。

看样子都是首长。

李富清用俄语把侦察到的情况以及自己的判断向首长报告。

那位高个子、宽脸膛的首长，一看李富清是位中国战士，又说的是俄语，就连连点头，高兴地对黑脸膛、翘胡子的首长说："情况和我们的判断相同！"

黑脸膛的首长胸有成竹地说："只要四师及时插到公路南边，敌人就一个也跑不了。"然后，他很感兴趣地把李富清打量了一阵，问团长："这小家伙俄语说得这么漂亮，是中国人还是蒙古人？"

团长答道："中国人，还跟列宁当过卫士，1917 年就在乌克兰、白俄罗斯打游击。"

"哟！小家伙还是打仗的老手呀！"

高个子、宽脸膛的首长走过来，亲切地拍着李富清的肩膀说："小家伙挺精干的啊！好好锻炼，不要自满哟。"

接着，团长就命令李富清给一营带路，把一营领到树林的西边，等四师插到公路西南，就把公路切断，与四师会合，对敌人形成一个反包围圈，不让一个敌人逃走！

一营到达预定地点后，营长告诉李富清：刚才那两位首长就是革命军事委员会委员伏罗希洛夫和集团军司令布琼尼。

"啊哟！我还不知道啦！"李富清又后悔又兴奋地说："要知道是他们，我就要多看几眼。"

大约在上午 9 点钟，四师从西南插来，两支红军像铁钳似的把敌人的退路掐断，反包围成功了。

敌人发现陷入重围，立刻勒转马头，准备西逃。红军奋力阻击，一场恶战开始了。敌人组织了几次冲锋，都被击溃。打到中午，敌人派来大批飞机，在林子上空穿梭似的轮番向红军阵地俯冲轰炸，炸弹和机枪子弹像雨点般倾泻下来。林子里尘土如烟腾起，树枝纷纷截落……

趁飞机猛烈轰炸的时候，敌人的骑兵又发起冲锋了。红军指挥员立刻命令战士上马，准备反冲锋。

李富清从战壕里跳出来，牵着自己的马，左脚刚踏上马镫子，右脚还没提上来的时候，突然轰隆一声，一个炸弹正落在附近爆炸了。李富清仿佛觉得右脚抖动了一下，像被马踹了一蹄子似的；在同一时间里帽子也飞走了。那匹马"扑啦"一倒，压住了李富清的双腿。李富清动弹不得，幸而同班战士马明特跑了过来，他喊道："班长！你头上受伤了。"

李富清伸手一摸头，满手是血，原来右后脑勺中了弹片。这时，李富清才感到有些疼痛。

马明特费了很大的劲才把那匹被炸得只剩半边身子的死马从李富清的腿上移开。李富清想站起来，但右腿不听指挥了，他仔细一看，右腿也中了弹片。马明特把他扶在树根前，进行临时包扎。这时，担架和护士上来了，马明特把李富清交给护士，自己骑着马冲向敌人。

两天以后，李富清被送进基辅后方医院。在这里，李富清受到医护人员的精心治疗和护理，一个多月后，伤势就大有好转。虽然伤口还没有痊愈，但在李富清的再三请求下，医院只得让他提前返回前线。

回到前线后，李富清随部队一直打到华沙城下，彻底粉碎了波兰白军的进攻。

这以后，李富清的部队又调往南方参加消灭弗兰格尔匪帮的战斗。他们一直打到黑海边，彻底解放了克里米亚半岛。至此，俄国的国内战争以红军的胜利宣告结束。

流落新疆

1922 年春季，李富清在骑一军六师办的文化学校念书，并在这里加入共青团。

1923 年"五一"劳动节以后，李富清被调往莫斯科军事学校学习。

1924 年 1 月列宁逝世时，李富清被选为军事学校的代表为列宁守灵。他怀着沉重的心情，向这位全世界无产阶级革命的导师告别。

1926 年夏季，李富清从军校毕业后，被分配到顿巴斯矿区当翻译。因为当时矿上有 3000 多名中国工人不懂俄语。他在这里和一位苏联姑娘结了婚，并生下两个儿子。

1931 年，日本帝国主义侵占了中国东北三省。李富清非常挂念东北老家的父母弟妹们，悠悠不断的乡情，使他决定回国探亲。当他行至西伯利亚的赤塔时，得知日本帝国主义封锁了东北中苏边境，李富清只能徘徊于国门之外。有一天他在赤塔街上碰到许多说中国话的军人，他立即上前和他们拉话。这些军人原来是中国东北抗日义勇军的一部分，由于粮尽弹竭，抗不住日军铁蹄，只得退到苏联境内暂且容身。李富清向他们询问从什么地方走才可以回到沈阳，他们告诉他，从东北入境绝无可能，如果冒险就会被日本鬼子枪杀，不如随他们一块向西绕道到新疆西北面的阿亚古斯，再从阿亚古斯进入新疆，由新疆转道华北至东北。李富清无可奈何，只得走这一条路了。

李富清跟随东北军绕道从新疆塔城边卡入境，到达迪化（乌鲁木齐）后，才知道没有新疆当局发给的入关证，谁也出不了星星峡。因为当时新疆虽属国民政府统辖，但当时中央政府对新疆鞭长莫及。新疆地方政府也形成割据局面，在新疆出入的咽喉之地——星星峡设防，禁止一般人通行。

李富清只得由迪化再度北上塔城，想从原路出境回苏联顿巴斯去，但此时正值军阀盛世才替代新疆省主席金树仁，新疆境内空气紧张，塔城边卡不准外出，李富清被困在新疆陷入绝境。他不得不再由塔城返回迪化。在路上他遇到一些内讧部队和一些东北军的散兵游勇，这些人已蜕化成军阀私人武装的队伍，像蝗虫一样到处扰民，并且你打我，我打你，征战不休，把李富清搞得晕头转向。有一天他被 20 多人的武装团伙抓住，要他入伙。他此时归心似箭，对打内战根本不感兴趣，哪里有心思当兵？他表面应付，在这伙人中混了十多天，终于在一天晚上逃脱了。一路颠沛流离，最后总算到达迪化。此时他身上的盘缠所剩无几，在走投无路的情况下，他只得重操青年时的旧业，在迪化街头摆饭摊子、开小饭馆，希望赚几个路费回东北老家去。谁知盛世才统治新疆后，奴役民众更加残酷，控制新疆更加严厉，弄不到通行证，谁也不能出境。李富清回老家的梦想根本无法实现。时间一久，两头的家都断了音信，李富清成了"孤家寡人"，他烦闷时只得以酒解愁。就这样，一混 16 年过去了，始终穷困潦倒，郁郁寡欢。

1949 年 9 月 25 日新疆和平解放，李富清也逐渐从烦愁中苏醒过来。1950 年他以 52 岁的年龄，以厨师的身份参加了中国人民解放军，被分配在新疆军区工程处呼图壁休养所当炊事班长。这以后，李富清年轻时的经历才逐渐为人所知。

见到了毛主席和周总理

1957 年 11 月，十月革命 40 周年之际，李富清作为中国劳动人民代表团成员之一，赴莫斯科参加了红场阅兵、游行大典的观礼，随后又去列宁格勒、基辅等地参观访问，并有幸见到了几位当年在骑一军并肩战斗的老战友。旧地重游，感慨万千。

李富清回国后，笔者当即采访了他。他十分兴奋地谈了自己的访苏经历，并多次提到了最使他难忘的两件事。一件是在莫斯科见到了中国人民的领袖毛泽东主席；另一件是临出国前受到周恩来总理的接见。为了使读者读起来感到亲切，笔者特意用第一人称记下了李富清的谈话：

我们代表团是 11 月 6 日下午 4 点到达莫斯科机场的，当时，最高苏维埃联邦院和民族院庆祝伟大的十月革命 40 周年的联席会议正在列宁运动场体育宫举行，代表团立即赶去参加这一盛会。

我们走进会场，立刻响起一片欢迎的掌声。会议正常程序暂时中断，记者们向我们涌来，纷纷争着拍照。我们就座后，掌声才停下来。

我朝主席台望去，一眼就看见敬爱的毛主席和赫鲁晓夫、伏罗希洛夫、宋庆龄副委员长等坐在主席台第一排座位的中间。毛主席穿着一身浅蓝色制服，他老人家身材魁伟，态度安详，眼睛里洋溢着睿智、喜庆的光芒。

这时，坐在我身后的季寿山同志拍着我的肩膀，轻轻地，但非常激动地对我说："看见没有，毛主席在主席台上！"

我说："看见了，毛主席身体多么健康！"

"是呀！毛主席身体多好！"

我打量了一下会场。会场正中挂着苏联 15 个加盟共和国的国旗。主席台上悬着用灯炬组成的大标语："欢庆伟大的十月社会主义革命四十周年！"标语两旁写着 1917—1957 几个大字。主席台上安放着列宁的塑像，两边竖着四面苏联国旗。两侧摆着八面红旗，旗前摆着鲜花。整个会场里大概有两万人，场内气氛既隆重庄严又欢欣热烈。

我们坐下后大约 10 分钟，民族院主席拉齐斯坦就宣布继续开会，当拉齐斯坦介绍中国代表团团长毛泽东同志讲话时，刚说到"毛泽东"三个字，全场立即爆发出疾风骤雨般的掌声。毛主席在掌声中走向讲台，全场跟着起立，掌声更加热烈，持续了十多分钟才停止下来。

毛主席首先向伟大的苏联人民、苏联政府和苏联共产党以及全体到会的同志和朋友，致以热烈的兄弟般的祝贺。接着，他阐述了十月革命的世界历史意义，苏联人民 40 年来取得的伟大成就，以及十月革命的道路和苏联经验对各国人民的普遍重要意义。当他说到"在十月革命以后，任何一个国家的政府如果拒绝同苏联友好相处，那就只能损害本国人民的真正利益"的时候，全场立刻报以长时间的热烈掌声。

接着，毛主席介绍了八年来中国各种建设事业的巨大成就和目前在全国进行的整风运动。然后，他代表中国人民对苏联给予中国多方面兄弟般的无私援助表示衷心的谢意。

毛主席强调说："增强以苏联为首的社会主义各国的团结，是一切社会主义国家神圣的国际义务。"他最后说："从世界各国来的工人阶级和广大人民的代表今天在这里参加苏联最高苏维埃庆祝十月革命 40 周年的盛会，这个事实的本身就说明了世界人民力量的伟大团结，就象征了国际社会主义运动的兴旺发达。让我们继续努力增强社会主义各国的团结，增强全世界劳动人民和被压迫民族的团结，去迎接新的更伟大的胜利！"这时，雷鸣般的掌声，又一次长时间地在会场上轰响。

毛主席讲完话，会场又一次起立，掌声像涛声似的再持续十多分钟。毛主席走回座位时，赫鲁晓夫和他热情握手。

第二天晚上，代表团应邀去柴可夫斯基音乐大厅欣赏音乐歌舞表演，在这里，我又一次见到了毛主席。

我们刚走进柴可夫斯基音乐厅，把衣帽寄放好，招待员就问我们："你们愿意坐在什么地方？"

团长刘宁一同志说："随便什么地方都可以。"

招待员连忙解释说："是这样的，你们的座位在前面的包厢里。不过，刚才毛泽东同志坚持不肯坐包厢，他要坐普通座，所以我们才征求你们的意见。"

刘宁一同志说："毛主席已经来了吗？毛主席不坐包厢，我们当然也不坐包厢。请你们安排我们坐普通座吧。"

招待员就把我们带到普通座的六排坐下。我看见毛主席和赫鲁晓夫等都在普通座的第一排。我再看看那些装饰得精致堂皇的包厢，竟空空的没有一个人坐，连其他国家的代表团也都坐到普通座上来了。按照苏联的习惯，这是一种全新的风气。

开幕前，剧院的负责同志致辞。他在讲话中特别谈到毛主席不坐包厢这件事的意义。他说："毛泽东同志这种谦虚朴实的作风，使我们特别感动，我们一定要学习毛泽东同志这种优良的品德……"他的这一段话，立即引起全场一片热烈的掌声。我们代表团的同志也跟着鼓掌，并且你望望我，我望望你，互相用目光交流着心中的感奋。有的人眼里闪着泪光。

周总理接见我们，是在代表团临出国的前一天，11月3日。这天下午两点钟，汽车把我们从代表团驻地新侨饭店送到了中南海，在一个大殿前停下来。我下汽车一看，一片秀丽、宁静的景色把我吸引住了。殿前的台阶下有很多大树，树下有凳子。殿的左边，中南海水面像一张银光闪闪的蓝色大缎毯。从这里可以望见北海高耸的白塔。

周总理还没有来，代表团团员们散开在殿前等候周总理。有的坐在树下的凳子上，有的年轻人就跳上停在岸边的几艘白色的小艇去划船；我和梅兰芳、老舍、田汉、许广平等六七个年老些的人就站在海沿的石阶上看水中游来游去的鱼群。每个人的心都沉浸在幸福之中。

两点半钟，远远地一辆黑色小汽车驶来了。刘宁一团长立刻对大家说："周总理来了。"大家马上聚拢到殿前来迎接周总理。

汽车在殿前停下，车门敞开，周总理跨下车来。他身穿深蓝色呢制服，满面笑容地和我们打招呼。刘宁一团长就把没有见过总理的团员，一个个向总理介绍。当周总理走近我身边时，刘宁一团长指着我向总理说："这就是跟列宁当过卫士的李富清同志。"周总理立即高兴地伸过手来。我兴奋感激地握住周总理的手，觉得那只手又健壮又热情，一股暖流从那只手上直流进我的心里。

周总理问我："身体好吗？"我说："身体很好。总理的身体健康！"周总理笑着走过去和其他同志握手。介绍后，几位摄影记者要求总理和代表团合影，周总理答应了。

大家要请总理坐在中间，总理说："我就坐在这里行啦，几位老同志坐中间吧！"说着，他就坐在右边的第一张椅子上。摄影完毕，大家同总理走进殿内。

殿内隔成了许多房间，我们在一间大厅里坐下。我很幸运，我的座位离总理的座位很近，中间只隔了刘宁一和梅兰芳同志。

大家坐定，刘宁一团长请周总理讲话。周总理就不拘形式地跟我们谈起来。他首先谈了苏联 40 年来的伟大成就，以后又谈到中苏团结的巨大意义和中国劳动人民代表团的光荣任务。他勉励我们到了苏联，要细心地学习苏联的建设经验。谈了一个多小时，他就把话题转到我们六个参加过十月革命和苏联国内战争的同志身上来了，他说：

"你们六位老同志，曾经为十月革命和苏联国内战争出过力或流过血，你们在 40 年前亲身体会过帝俄时代的贫穷困苦的生活，现在你们去苏联，就会看到 40 年来翻天覆地的大变化，你们可以把现在和过去比一比……"周总理说着说着，忽然叫我的名字："李富清同志。"我本想迅速站起来。但周总理立即用手势阻止我："坐下，坐下。你当过列宁的卫士，还受过四次伤，得过奖，你千万不要骄傲哦！"我一听这话，立刻就想起 1919 年秋天，我离开克里姆林宫到南方前线去的前夕，列宁对我们卫士队同志所说的话："你们到了前方以后，千万不要以为跟我当过卫士就骄傲起来，那是非常错误的……"

我立刻对周总理说："总理这句话，以前列宁也对我说过，我一定随时记住这句话，决不骄傲！"

周总理看看我以及其他参加过十月革命的季寿山、刘福等同志说："那就好。六位老同志都要记住这句话：不要骄傲。"

随后，周总理又对刘宁一团长说："你们要年轻人多照顾这六位老同志啊！"

刘团长回答说："对，我们研究一下，分一下工，一定按总理说的去做。"

谈话到下午 4 点半才结束。我们走出大殿，想送周总理上车，周总理却要大家先上车。我们上了车，周总理也上了车。我望着那辆黑色小汽车，心里久久不能平静。

留苏杂忆

李席儒 口述　侯鸿绪 整理

　　李席儒先生今年已经 85 岁了。他早年为冯玉祥将军选派，留学苏联。回国后充任军事教官。1933 年，在方振武将军鼓动下，参加抗日救国军，同年 5 月，随方部赴张家口，加入"察哈尔民众抗日同盟军"，任骑兵师长。之后，又随方振武、吉鸿昌举起"抗日反蒋"的旗帜。但不久，遭蒋日军夹击，部队瓦解。七七事变起，投奔高树勋部，任督察员、旅参谋长等职，坚持抗战。近年来，老人卧床，常常思念起自己青年时代在苏联学习的一段生活，追思往事，怀念旧友，流露出一片"暮云春树"之情。我常去看望老人，天长日久，我把老人零星片断的回忆，汇集成篇，名之：留苏杂忆。为行文方便，仍用老人第一人称的口气。

——整理者题记

冯玉祥将军在苏联教官陪同下，亲自挑选了 30 名青年军人去苏联学习。加拉罕大使赠送每人 30 卢布和一件羊皮大衣

　　1925 年夏天，冯玉祥将军由几位苏联教官陪同，来到我们西北军军

官学校（张家口），从军校中按科目成绩挑选出 60 名青年军人。接着，他又亲自点验这 60 名初选军人，经过严格测试，最后录取了 30 名；我有幸被录取了。记得当时被录取的名单中还有：尹心田、邹桂吾、张子英、李秉钧、石友信、郝鹏举等。

挑选我们去干什么呢？我们聚在一起胡乱猜测。有的人想到，孙中山先生刚刚逝世不久，是不是叫我们去北平碧云寺护灵？有的说，可能是去给冯先生当卫士吧……过了几天，这个疑团总算解开了，冯先生把我们召集起来，宣布："国民要革命，革命要有一支革命军，今天，我派你们去俄国留学，就是去学学人家的革命本事！"我们听了心里十分激动，高兴地鼓起掌来。那一天，苏联大使加拉罕也来了，他也即席讲了话，是由陈明仁先生翻译的。加拉罕说了许多赞颂冯先生革命精神的话，表示欢迎我们去苏联学习。会上，冯先生发给我们每人 400 块钱，叫我们自己添置御寒衣服。加拉罕大使也赠送给我们每人 30 个卢布，还送了一件没有吊面子的光板羊皮大衣。大热的天，我们抱着羊皮统子直发笑。冯先生说："你们先别笑，冷的时候就知道感激大使先生了。"陈友仁把这句话翻译给加拉罕听了，他冲着我们微笑着点点头。

参谋长熊斌率领我们在黄沙漠漠的大草原中，整整走了三天才到达库伦。我们在纳乌什基火车站搭上了去莫斯科的火车

9 月间，我们乘坐一辆带篷的大卡车从张家口出发了。我们的带队人是熊斌，他当过冯玉祥的参谋长，所以大家都称他"参谋长"，至于他当时担任着什么职位，就不清楚了。

一路上，黄沙漠漠，一望无际，连棵青枝绿叶的小树都难以见到。草原上不时地望见成群的黄羊在奔跑，有时还看见狼在乱窜，给人一种荒凉的感觉。

白天，我们赶路；夜晚一傍黑，便停车休息，钻进蒙古人的蒙古包里去。在蒙古包里，我们大嚼着蒙古人烧烤的牛羊肉，喝着马奶，乍一吃，半生半熟，膻味特浓，熊斌吃不来，他说："我可没有这个口福！"便打开自己随身带来的罐头吃。虽然天气刚交 9 月，可是蒙古大草原上的夜风呼呼地吹进包里仍有一股逼人的寒气，这时我们裹着羊皮统子，心里念叨着：加拉罕，多亏您了。

在黄沙漠漠之中，我们的车子整整行驶了三天，到第四天的上午进了库伦（今乌兰巴托市）。大篷卡车开到"西北边防督办驻蒙办事处"大门口，办事处处长张允荣带领一批官员站在门口迎接我们。熊斌下了车，一看我们疲惫不堪的样子，扬扬手，向我们打招呼说："大家先去洗个澡吧，咱们在库伦休息两天。"

库伦街面并不大，商号不多，多的是小摊贩，就地买卖，极为便宜。当地居民土人大小便十分自由，随时随地可以进行，所以尿屎遍地皆有，苍蝇更是成群追逐。我们害怕得了什么传染病，留不成学，就在库伦街上转了一圈儿之后，便"潜伏"在办事处里闲聊了。

过了两天，我们从库伦出发了。

大篷车沿着北去的公路奔驶着，越走越冷了，在车上我们都把羊皮大衣裹在身上，既挡风御寒，又遮蔽风沙。第二天早晨，我们过了色楞格河，进入了苏联国境，在一个名叫纳乌什基的小火车站，搭上了去莫斯科的火车，开始了另一个新的征途。

在莫斯科站台，刘伯坚带领一批留学生来欢迎。参观莫斯科。在列宁格勒遇见了罕见的北极光

我们坐在火车上，每日三餐都由一位列车乘务员送来，品种几乎不变，都是面包、牛奶和几块方糖。这在当时尚处在贫困的苏联，恐怕要算是一种引人羡慕的优待了。我们在火车上摇摇晃晃地过了七天七夜，终于到了全世界人民瞩目的苏联革命首都莫斯科。

车缓慢地进站了。我们看见月台上站着一群中国留学生，有些人手里拿着小红旗，起劲地摇晃着。当我们走下火车之后，欢迎的人群拥过来，和我们握手致意，其中有一位脸上略带几点麻子的青年学生走上前，说："我们东方大学的中国留学生欢迎你们！"接着，他引导我们出了站，登上一辆早已准备好的大客车，开到东方大学的校园里。在一间大厅里，东方大学的中国留学生为我们举行了一个欢迎会，首先致欢迎词的就是刚才引导我们出站的那位青年人，后来才知道他就是中共远东支部的负责人刘伯坚。1929年我回国之后，受到南京政府的关押审讯，看看是不是赤化了，当时心里十分气愤，所以出来后，心一横，心想：你不相信老子，干脆老子就去参加红军吧！于是我想方设法寻找刘伯坚的踪迹，可惜都未能再见一面，也是我埋在心中的一件憾事吧。

在莫斯科，苏联军委会派来一名少校军官陪同我们浏览市容，参观博物馆，还去瞻仰了革命导师列宁的遗容。三天之后，这位少校又带领我们乘车去列宁格勒参观。

巧得很，我们到达列宁格勒的第二天，便遇见了从未见过的北极光。那一片片闪闪的白光，辉煌瑰丽，神秘莫测，使我们十分惊奇。对于这种大自然的景象，列宁格勒的市民们或许见过多次了吧，所以依然照常工作和生活，只是看到有几个老人仰望闪闪的白光，划着十字，默默地祷告着。在北极光的照耀下，我们按照计划照常参观，并未受到任何影响，可是到了晚上，这北极光却扰得我们难以入睡，我们算是真正地"享受"了几天"不夜城"的生活。

分配到基辅陆军军官学校。郝鹏举打架被关进禁闭室。不久，他与一批同学被押解驱逐出苏联国境

在列宁格勒参观完毕，我们又回到了苏联首都莫斯科。

在莫斯科，我们接到通知：去一家苏军医院进行全面体格检查。不久即宣布：石友信、冯升云、姜巩璋等去航空学校学习飞机驾驶术；刘汝珍去一家军事工厂学习机械制造；其余的人被分配到基辅陆军军官学校，有的到骑科，有的到工科，我和郝鹏举、邹桂吾几个人分到炮科。

这所学校的校长是赫赫有名的苏军元帅伏罗希洛夫，但他是兼任，只挂个名义，实际管理校务的是一名中将衔的副校长（姓名忘记了）。这个人不苟言笑，但很温和，说话慢条斯理的，而且总是挟着一只黑色皮包，有一副学者的风度。这位副校长治校极严，学兵的举止言行都得按学校规定执行，稍有出格之事，必受处罚，即使对留学生，也绝不宽容。有一天，我们正在进早餐，郝鹏举突然和一位姓李的同学争吵起来。郝这个人脾气特坏，性情暴躁，所以没吵上两句他竟动起手来。就在这时，两名持枪的红军士兵跑步进来，面对郝、李举手敬礼，然后把他们押出了餐厅。当天，学校当局便贴出了通令布告：给予郝鹏举、李各禁闭一周的处分。

郝鹏举和我住在一个寝室里，而且床靠床，是我的"邻居"。他从禁闭室里出来之后，就对军校的生活产生了反感，常常发牢骚，说苏联的制度是"不自由的"，"是要把活人管成死人"等等。有一次，我们班讨论政治时事，他用提问题的方式，攻击苏联政权，还提出一些当时很敏感的政治问题，诸如海参崴的归属等。自然，他的这些行动，引起了校方当局的注意。一天夜里，一位苏军军官轻步走到郝鹏举的床前，我当时尚未入睡，看见那位军官拍拍郝的肩膀，把他传了出去。打这以后，郝鹏举便再也没有回来。第二天才知道，头天晚上被"传"出去的

不只是郝胖子一个人，还有好几个中国留学生。我们去问大队长，去问教官，都回说："不知道。"但是没过多久，学校公布了他们的"反苏"罪行，开除学籍，并被押解驱逐出苏联国境。

在莫斯科炮兵学校。篮球场上的活跃分子刘伯承、李连海、韦永成、荣照。我要求参加共产党，王明说："你是小康人家，又是从国民党军队里派来的，至少要考察三年。"

基辅陆军军官学校开除了一批中国留学生之后，把留下的十几名同学全部转学到莫斯科，重新进行分配；我被分到莫斯科红军炮兵学校。

在这所学校里，我又认识了一批新学友，印象最深的，就是外号叫"光旦"的许光达同志。怎么给他取了这个外号呢？原来那时我们享受着苏联红军尉官的待遇，每月可领到70多个卢布，可是许光达平日节俭，很少到外边餐馆里去"打牙祭"，按理他一定积蓄了不少钱，奇怪的是，到了月底他的两袋依然是空空如也。同学们喊他"光旦"，他并不生气，反而冲着你说："留着钱做么事，想当资本家嘛！"解放后我从一位朋友处得知，那时共产党的留学生都把钱交党费去支援革命了，这种革命责任感多么感人！

炮校的那条街叫"红街"。在这条"红街"上还有好几家军事院校，最引人注目的就是红军大学。那时每逢星期天，红军大学里几乎都有中国留学生的篮球赛，我们都跑去观战。中国留学生篮球队的组织者是刘伯承，他当时就在红军大学学习，他对人和气，比我们年长，在国内军队中就有比较高的职位，当时他享受着苏军校级军官待遇，所以大家都把他尊为师友看待。篮球场上经常出场的还有韦永成、李连海、荣照等。韦是广西人，个子不甚高，但速度快，左穿右插，十分机敏。韦后来成了粤军中少壮派的头目，成为新桂系统治安徽的重要人物。李连海，是李德全的弟弟，回国后在冯玉祥身边工作。荣照是蒙古人，大个子，很壮实，是球场上满场飞的"野马"。解放前夕他去了台湾。

还有冯氏三兄妹，即冯玉祥将军的长子洪国、长女弗能和次女弗伐。当时，他们都在中山大学读书，尽管离我们红街挺远的，但因为我们是西北军的人，又是冯先生亲手挑选来的，有着这层关系，所以常有来往。特别是洪国，更是亲密无间，我们一起去看球赛，呐喊助威；一起去逛公园、划船；最有意思的是去中国小饭馆吃碗豆腐汤。那豆腐又滑又嫩，放上葱蒜辣椒，一碗下肚，浑身冒火，洪国擦着脸上的汗珠，连说："好，好，再来一碗！"我们都哈哈大笑。

在莫斯科，还有一位时常接近的人，此人就是鼎鼎大名的王明（陈绍禹）。他是安徽六安人，我是寿县人，相距不远，所以攀上了同乡。那时他正在和孟庆素谈恋爱，庆素是我妻子的本家侄女，她称呼我妻子"姑娘"，喊我姑夫，这样，王明和我的关系就更近乎一层了。王明和庆素常来看我，无非是聊聊家乡的人和事。有一次，王明单独来了，我们一块去散步，我说："我想加入共产党，你看怎么样？"王明看看我，笑着反问我："你家有多少地？"我说："50来亩。"他说："50来亩算是小康人家了吧，又是从国民党军队里派来的，像你这样的情况，至少要有三年时间的考验。"我听了心里想：考察三年，三年之后我还不知道又跑到哪里去了呢?! 这分明是拒绝我的要求，所以后来我再也不向王明以及其他共产党人提这件事了。

已经60年了。垂老方知少年情，我常常思念起在莫斯科留学时的学友们，他们的一举一动，一颦一笑，都会引起我一片温暖的回忆，如今，他们有的已成故人，有的远在海峡那边哩。

莫斯科记行

—————

傅学文*

进入莫斯科中山大学

1925 年春，我还没有大学毕业，得到了一个特殊机会，即求得了国民党元老朱执信和范志超两位先生的同意，介绍我到莫斯科中山大学去学习。这对我来说，是一件十分兴奋的事。就在这一年，我随第一批去莫斯科的同学，进入了中山大学。

黄埔军校和莫斯科中山大学都是第一次国共合作的产物。孙中山先生于 1924 年改组了国民党，制定了"联俄、联共、扶助农工"三大政策，为了培养革命干部，在国内筹办了黄埔军校；同时，在苏联顾问米哈依尔·鲍罗廷的倡导下，创办了莫斯科中山大学。当时国共两党的革命干部以及一批有志报国的青年，都向往这两所学校。

—————————

* 傅学文，时任全国政协常委、民革中央监察委员会副主席。

　　莫斯科中山大学是 1924 年开始筹备，1925 年 10 月 7 日鲍罗廷在国民党中央政治会议第六十六次会议上正式宣布成立，同年秋于莫斯科正式开学。

　　我们第一批去莫斯科的同学共有 300 多人。当时的交通条件很差，我们去莫斯科是从上海坐一艘很小的货轮先去海参崴，然后转坐火车前往莫斯科的。第一批去的同学，现在我能记起的已经不多了。目前在台湾的同学有蒋经国、谷正纲、卜道明、张秀岚，以及谷正鼎的夫人皮以书等人，多年来，海峡两岸不通音信，彼此隔绝了；在国内的同学，有张闻天、王稼祥、乌兰夫、杨尚昆、杨放之、伍修权、屈武、李伯钊、沈泽民、张琴秋、胡世杰、刘仲容、丁玲等；此外还有冯玉祥的儿女冯洪国、冯弗能，于右任的女儿于芝秀。

　　我们乘坐的小货轮，设备简陋，通风不好，加之船小浪大，船身摇晃得厉害，一路上许多同学都呕吐了。几天过去，大家除吃一些水果外，什么都不能下咽，真是够辛苦的。但我和大家一样，心情是十分激动而兴奋的。大家认为，这是走向革命征途的开始，在革命的道路上和在大海里航行一样，不可避免地会遇到风浪，只要我们掌正航向，同心协力，是能够到达目的地的。由于大家有了必胜的信念，长途跋涉的疲劳被克服了。

　　中山大学的校址在莫斯科的沃尔洪卡大街 16 号，是一座四层的楼房。楼房的前面是大学的校园，有许多树木。全楼总共有 100 个房间，餐厅在一楼，图书馆、教室、学习室、办公室分设在二、三、四楼。图书馆很好，有近万册图书。我们第一批同学就住在这楼里。学校对面是莫斯科的基督救世主大教堂，教堂前有一个宽阔的广场，我们每天上午 8 时在这里做晨操；教堂两侧是美丽的花圃，我们课余常去那里散步。1925 年到 1927 年，第一任校长是国际闻名的卡尔拉狄克。他很热情，且平易近人，同学们对他很尊敬。

开学之后的第三个星期，才举行开学典礼。那天，托洛茨基亲临主持，地点设在工会大厦。礼堂正中，孙中山、列宁的画像并列。托洛茨基能言善道，富有演说天才。他那具有煽动性的言辞，打动了台下的许多听众。同学中，蒋经国先生更是表现得眉飞色舞。因为 1923 年蒋介石访苏，遇到的正是托洛茨基，他对托氏衷心折服。

我在中山大学学习两年，主要的学习课程有：语言课，深入学习俄语，选修第二外语，如英语、法语和德语；历史课，包括社会发展史、中国革命运动史等；哲学，主要讲辩证唯物主义和历史唯物主义；政治经济学，基本上就是学习马克思的《资本论》，还有经济、地理、列宁主义以及军事学等。一天 8 小时课程，其余的时间开会，讨论问题做结论，学校规定叫作"行动学习"。其内容包括下列四种：一是自我批评，各人要从家世、出身、经历、志愿等方面彻底地予以坦白交代，自我检讨、自我批评；二是连环监视，参加组织的"细胞"，思想行动随时随地都有人秘密监视，而且连环式地互不脱节，脱节就要受到严厉的批评和处罚；三为限交日记，日常生活思想行动要逐一详细记载，上级随时予以检查；四是参加工作，包括写讲义，负责油印、校对、出壁报、编新闻等。

我们在学校的生活待遇很好，初期每天开饭五次，除了三顿正餐，还有下午的点心和夜餐。1926 年，由于同学们的要求，学校才取消了点心和夜餐。饭桌上面包黑白兼备，牛奶肉类绰有余裕。那时苏联刚开始建设，国家还很穷，他们国内的大学生，都吃得很差。为什么要这样优待我们呢？校领导说："你们是中国的革命青年，我们对你们唯一的希望，是能够解放中华民族。"

同学们穿得也挺不错，西服、外套、皮鞋、毛巾、浴衣、手帕、衬衫，以及其他个人生活必需品，都由学校发给。学校的文化娱乐活动，也是非常丰富多彩的。

在中山大学，有一件事到现在我还记忆犹新。1927年3月，上海工人群众发动起义，支援北伐革命军夺取上海的军事行动。经过血战，终于胜利占领了上海。消息传到莫斯科，中山大学的同学那种狂欢的情景，实在难以形容。有的彼此拥抱，相互握手，有的涕泪交流，喜上眉梢。下午4点，我们参加了莫斯科群众的盛大游行，并担任前导，还在第三国际广场前举行了庆祝集会。接着，中山大学的同学为筹备庆祝"五一"，赶制一幅巨大的蒋介石油画肖像，准备红场游行时和马恩列斯的画像同时亮相，表示对他的尊崇。不料坏消息紧随好消息而来，蒋介石发动了"四·一二"政变和"清党运动"，枪口转向革命党人。以往意气风发的工人纠察队、共产党、国民党左派、革命青年等，转眼间失踪、被杀，成了蒋介石的刀下冤魂。

消息传来，中山大学群情哗然，举行群众集会批评声讨，一致通过致武汉政府的电文，要求严惩"革命的叛徒"蒋介石。其中声讨最激烈、言词最动人的，首推蒋经国先生。他在大会上的发言，获得全体学生的热烈反应，如雷的掌声经久不息。几天以后，《真理报》上刊登了他谴责父亲的声明，他说蒋介石"背叛了革命，从此他是中国工人阶级的敌人。过去，他是我的父亲，革命的好朋友；现在去了敌人的阵营，他是我的敌人"。

除了前述的第一批学生以外，后来到中山大学的还有邓小平、廖承志、陈复、徐特立、吴玉章、左权、俞秀松、何叔衡、夏曦等人。当年我在莫斯科时，就曾听到留苏"三公子"的传说，这三位公子就是：廖仲恺先生的公子廖承志，蒋介石先生的公子蒋经国，陈树人先生的公子陈复。廖仲恺先生当时已是孙中山先生的左右手，任黄埔军校的党代表，还掌握着广东革命政府的财经大权；蒋介石先生那时是黄埔军校校长；陈树人先生是党务部长。社会上对这三位公子瞩望殷切。如今，陈复先生早故，廖承志亦已去世，现在仅有经国先生一人健在了。

在中山大学学习的还有邓小平，他原是在法国勤工俭学的学生，是从法国转学到莫斯科的。1982 年 11 月，小平同志会见意大利议会议长吉蒂时曾说："蒋经国和我是同学，当年我们一起在莫斯科的孙逸仙大学读书。如果我们的祖国能在我们这一代统一，我们将名留青史。"

我在中山大学学习两年多，由于不适应莫斯科的严寒气候，不幸得了肺病，不得已于 1927 年底休学回国，治疗疾病。学业未成，十分可惜。回国后，我集中精力治病，不久身体恢复健康，但已失掉了继续攻读的机会。1931 年春，我同邵力子结了婚。

我在莫斯科中山大学虽未完成学业，但那一段的学习，确立了我以后生活的方向。

我与蒋经国先生在莫斯科同学两年，朝夕见面。1937 年他回国以后，邵力子、我和经国先生在南京、重庆交往颇多。现在我们已阔别 30 多年了。从报上得知他多病，我衷心地关切他的健康，至诚地希望他对祖国统一大业作出积极的贡献，期待不久的将来，我们能在北京握手畅叙！

屈指算来，已经 60 年过去了，至今我还经常怀念在中山大学那紧张而又愉快的生活。莫斯科中山大学是 20 世纪 20 年代中国革命运动及国共两党结成统一战线的产物，是孙中山先生三大政策的产物。这所学校虽只存在五年（1930 年结束），可是它对中国革命运动的影响，却是非常巨大的。

在古比雪夫译《丹娘》

1940 年 5 月，邵力子出使苏联。虽然我舍不得放弃我担任的中苏文化协会妇委会副主委工作，舍不得离开我们抗战的陪都——重庆，但作为家属，只好随同邵力子再次到了莫斯科。当时，国内的抗日战争已经进行了三个年头，但国民党内部有一部分人看不清抗战的前途，散布"再战必亡"的消极悲观论调，使我非常放心不下。诚可谓"身在苏联，心在国内"。朝思暮想，我应为祖国做些什么？

我到莫斯科不久，德意日三国联盟架势已成，德苏间斗争尖锐，国际风云突变。1941 年 6 月 22 日，希特勒突然进攻苏联，苏联境内顿时硝烟弥漫。德军一时占了上风，向莫斯科进迫。苏联首都岌岌可危，外交使团迁往古比雪夫。我在那里看到苏联军民同仇敌忾、奋勇抗敌。在誓死保卫莫斯科的战斗中，到处可以看到"一切为了前线，一切为了胜利"的标语。特别是苏联妇女挺身而起，为保卫祖国、抗击法西斯作出了巨大牺牲。苏联报刊每天都有她们送夫、送子保国杀敌，甚至亲赴前线服务、或到敌后工作的报道，令人钦慕不已！于是，我决心把她们的英雄事迹介绍给中国妇女。

正当我搜集资料之际，苏联卫国战争进入紧要关头，一个铿锵有力的声音响彻苏联大地："同志们！要勇敢，要奋斗，胜利是我们的！""为自己民族而死，是最幸运的。"这是一个只有 18 岁的女中学生，在维列雅城附近的彼得里斜沃村，被德军捆在绞刑架下时高喊出来的最强音。她壮烈牺牲后，苏联最高苏维埃主席发出命令，追赠她"苏联英雄"的光荣称号，当时苏联报刊都以重要版面作了报道。我几乎阅读了所有这些报道，每次阅读，都感动得热泪盈眶。

这位女英雄就是莫斯科女中学生卓娅·柯斯莫捷斯卡亚，"丹娘"是她的爱称。苏联军民都把这位宁死不屈的"苏联英雄"称为丹娘。当时丹娘参加了歼敌队，在莫斯科最危急的日子里，她只身通过战地，切断了德军的野外电话线，又烧毁敌人的兵器、破坏马房、杀死了 17 匹战马。当她用汽油放火，燃烧另一重要军事目标时，不幸被德军抓住了。德军无论如何不能相信这是一个少女单独干的，于是用尽了最残酷的刑讯，然后让她赤着脚，只穿一件衬衣、一条短裤，轮番押着她在雪地上走，百般地折磨她。丹娘没有呻吟，没有叫苦，不但没有说出自己同志的名字，就连自己的真实姓名也没告诉德军。直到上绞刑架，她依然毫不畏惧，视死如归。临死前的一刹那，她还坚信正义战争必胜，侵略战争必败，颂扬着将来的胜利。她高贵的品德和赤诚的爱国主义激情，感人至深，就连穷凶极恶的德军，也不得不承认这位女英雄"死得很坚定。她无论如何不肯卖国……她被冻得发青，创伤使她流血，但她什么也不肯说。"丹娘虽然壮烈牺牲了，她的精神仍然活在苏联人民的心中。

我决心把关于丹娘的报道翻译成中文，然后汇编成册。编译过程中，正在浴血奋战的中华儿女和千千万万中国妇女受苦受难的情景，时刻激励着我，给我以无穷无尽的力量，去克服编译过程中遇到的一切困难。最后，我终于编译完了《丹娘》，实现了我为祖国姐妹们做一件有意义的工作的愿望。

我把稿件寄到重庆中苏文化协会妇委会后，她们立即审查复印，使"丹娘"精神广泛地在我国妇女中传颂开来。这对共同打倒世界侵略势力、坚定爱国意志、树立牺牲精神和抗战必胜的信念，起了一定的积极作用。

1943 年春，我从苏联回到重庆之后，得悉《丹娘》这本小册子受到读者的欢迎，并且反映强烈，心里感到很高兴。我能为中苏文化协会妇委会的工作做一点微小的贡献，为祖国抗战尽一点绵薄之力，是我最大的快慰。

当时，承蒙很多知名人士为我这本小册子题词作序。记得宋美龄女士在《〈丹娘〉小序》中写道："丹娘这种爱国精神与牺牲勇气……也可以说是代表了我们盟邦人民保卫祖国、反抗侵略、争取人类平等的共同精神。'同志们！为自己民族而死，是最幸运的'，丹娘临刑时的话，应是我们盟邦妇女共有的信心。"

在所有为《丹娘》这本书题词作序的诸君中，有共产党人，有国民党人，也有无党派人士，他们尽管政见不同，但在颂扬丹娘精神上，众口一致。这充分显示了当时在热爱祖国这一点上的共同心声，也反映了广大爱国的国民党官兵和政府官员是拥护抗日的。

在莫斯科旁听"六大"和学习

李文宜

我在上海工作的几年，几乎天天都要和领导同志接触。当时的周恩来、罗亦农、瞿秋白、王若飞等同志也都不过 30 多岁，但是个个都谈吐不俗，分析国内外形势头头是道，很深刻，也很有水平。我当时是 20 多岁，听他们谈话，心中总是暗自佩服，心想他们怎么知道这么多，而我就不行。我也是一个很有抱负的热血青年，热爱我的国家，我一定要向他们学习。后来，罗亦农牺牲，我新婚变新寡，想学习的念头就愈加强烈。我就向党中央提出能否派我到苏联学习，我非常想提高我的政治水平。

有一天，瞿秋白的夫人杨之华告诉我，中央已批准我到莫斯科去学习，她将带着她的女儿瞿独伊和我一道去。她是去参加中共中央第六次全国代表大会的。

赴苏途中

1928 年 5 月中旬，带着小独伊的杨之华大姐和我，上了一艘货船。

我们住在底层的货舱里,空气污浊,我又晕船,一动就吐,只好躺着不动,闭目思前想后。我想到大革命失败后,多少同志被捕牺牲,亦农如活着,他是不是也会和我们一道去参加党的"六大"呢?想来想去,终日不免以泪洗面。之华大姐看我三天不吃不喝,尽力劝慰我、照顾我,可我内心的创伤是任何劝慰也不能愈合的。我在货舱里恨不能放声大哭,以泄我多天以来隐忍着、压抑着的悲痛。杨大姐急了,说:"你这样不坚强,万一弄病了,还有很长的路要走,该怎么办呢?"船到大连后,我才能进点饭食。下了船,我们又买票经过南满铁道和中东铁路继续北上。

一路上,我亲身感受到日本在东北侵略势力的扩张。所有铁路搬运工人所穿的背心,背上都有一个大"荷"字;车上旅客用的都是木制的饭盒、筷子和茶具;吃的只是一块黄色的萝卜干和米饭等等,令人感到如同到了日本。中东铁路沿线仍残存有沙俄侵略时留下的痕迹。

车到哈尔滨、满洲里都有组织负责人来接头,他们要我们分开,各自配成假夫妇,而且不能说话,免得暴露南方口音;还要我们脱下旗袍,穿上东北农妇穿的衣服,乔装成东北农村妇女。当然,头上早已梳上假发髻了。所带的衣服箱子,只要是南方的东西,一律留下。这样我和杨大姐有时需要分开,有时又会合,分开时依依不舍,因不知何时才能相见,但一见面又高兴得拥抱起来。一路风餐露宿,行行复行行。终于,提心吊胆地到达了国境。

到达莫斯科

过国境时,我们同乘一辆马车,杨大姐带了20元美币,放在独伊的一条裤子里,以免外人察觉。不料,下了马车,我们都忘了把裤子取下来而丢在车上了。杨大姐悔恨不已,并责怪我不帮她想着。我也恨自己糊涂，没有旅行经验。有了这一次严重教训，我以后就经常提高警觉，防止再次发生类似的事情。不久，到了伯力，我们又分手了。

在伯力，我们遇到了从湖南来参加"六大"的代表徐特立、何叔衡、方维夏和另外两名青年，我们一起乘火车到莫斯科。

行经贝加尔湖时，我看到一片汪洋无际的湖水，湖面在倾盆大雨之下，显得烟雾迷蒙，别有一番意境。我闷坐在窗边，写了一首感怀的诗，其中只记得两句："雨打车窗人共泪，水天浩淼心与惊"。同行的人都认识亦农同志，对我很同情。到莫斯科后，正值中山大学放暑假，要到9月1日才开学，所以我就和到会代表一起到莫斯科郊外"六大"开会的地方暂住。我又因获准到大会旁听，就直接住进专供女代表住的宿舍了。

旁听六大

7月间，中共中央第六次全国代表大会开幕了。第三国际代表布哈林到会指导。布哈林的身材比其他苏联人的身材小多了。他做了以"中国革命与中国共产党的任务"为题的报告。后来瞿秋白在做"中国革命与共产党"的政治报告时，他一边听一边为秋白画像，而且画得很好，我看他真能五官并用。当然，秋白是用中国话讲的，通过俄译才传到他的耳中，但他还是对报告的内容了解得很清楚，这从听他后来的发言就知道了。

他肯定了"六大"的报告中贯彻执行"八七"会议的决议，进行武装斗争和土地革命等正确方面，但也批评了对革命形势和高潮的错误估计。大会代表对他的发言看来是很重视的。我认为布哈林是个非常聪明的人，但他没有代表第三国际作自我批评。我认为中国领导陈独秀的右倾和瞿秋白的"左"倾等错误路线，第三国际都应负一定的责任。过去亦农就对第三国际的有些代表有意见，但他不好明说，他不听他们就是，所以"八七"会议把陈独秀撵下台了。他也发过言，批评陈独秀的"作客路线"，不以工人阶级为民主革命的主力军，为主人，是北伐大革命失败的主要原因。

"六大"清算了"五大"以来的问题，大会开得很热烈，可是我只能从表面上旁听，而不能深入了解问题。湖北小组组长向忠发请我参加小组会。我听了他们讨论湖北秋收起义问题，觉得他们知道的情况不够，但我也不便发言，我只有间接的知识，了解是不深的。这时我又想到亦农之死真是太可惜了而悲从中来。总而言之，我在"六大"的旁听比起"五大"时还能当上列席代表的政治地位是下降了，不过，会议上发的大会文件我也有一份。文件一到手，我就都翻阅了一遍，也并没有仔细推敲，不过我觉得通过"六大"的教育，我在革命知识上比过去进步多了。

大家一起学习文件的时候，邓大姐（那时，大家都叫她小超）坐在我对面，当中隔着放文件的一张大长方桌，大家是围桌而坐的。杨大姐有时也来，因她要照顾肺病在身的秋白同志。大家静悄悄地阅读文件时，我却有时看着窗外，有如古人"一心似有鸿鹄之将至，将援弓以射之"，思想在开小差了。小超看见了就把文件向我身边推，有时故意叫道："三姐三姐，你来看看文件上这段话是什么意思?"这是故意让我从痛苦中摆脱出来，我当然很感谢她对我学习的关心。

7月11日，"六大"闭幕。大会指出：中国仍是一个半封建半殖民地的国家，中国革命的性质也仍是资产阶级民主主义革命。这次大会争论激烈，气氛严峻。在周恩来宣布大会闭幕以后，到会代表们又表演了一些节目，其中小超和庄东晓一起清唱的《大登殿》（邓饰薛平贵，庄饰王宝钏）获得了满堂喝彩，要求再唱一段，于是又唱了《武家坡》：

"一马离了西凉界……"王宝钏对薛平贵的满腔柔情，又不禁使我暗自流泪。

参加军训

"六大"闭幕后，我和代表及工作人员参加了一个多月的军事训练。因国内革命已进入武装斗争、建立工农兵政权的阶段，这些从全国各地来开会的革命领导骨干，不懂点军事技术不行。我们也按苏联红军"三三制"编制，五个人为一组，三个组一班，三个班一连，三个连为一营。全体人员为两个营，我参加的这一营，营长是刘伯承同志，另一营的营长为王贝。

开始时，由苏军军官教练步伐和射击。射击是实弹打靶，包括立式、坐式、卧式及边打边跑，带枪伏地爬行等训练。教官对各种牌号的各类枪支的结构及其不同的杀伤性能都详加讲解，并进行实弹演练。凡是苏联当时所有的，世界各国所用的各色枪支，都拿出来教我们用。这是因为敌人手中的枪大都是各帝国主义国家所造，而革命士兵或农民手中的枪，又大都取之于敌，如夺来不会使用，弃之又可惜，反而成为累赘。

各色枪支之中，我最喜欢美式汤姆式步枪，短而轻，可连发，射击时不必一粒粒地喂进子弹。我们在小组里还要学拆卸、擦抹和组装不同类型的枪支。拆卸时各个零件必须顺序放好，顺序擦亮。再顺序装上，要轻而快，最好闭目擦装。这样的训练，极便于夜战时枪支忽然发生故障，能及时处理。

手枪也有很多品种，如左轮什么的，我们也都擦过。手枪射击时，瞄准后手臂要直而有力，不像步枪射击时虽有坐力但有枪托抵在肩上。如手枪不握紧，手臂无力，子弹就不知会飞到哪里去了。我学军事的兴

趣很高，但先天不足，右眼从小近视，左眼虽好，可左臂不如右臂有
力，但我也只能用左眼瞄准了。幸而每次射击成绩还不错，有一次三粒
子弹都击中靶心，受到了表扬。

开始练步伐时，教官用俄语喊口令，向左转，向右转，向后转等。
我因不懂俄语，有时动作较迟，有时方向不免转错，常急得一身汗。有
一次，不慎把左脚崴了，痛而肿，医务室开了假条，但仍须值勤三天，
得打扫帐篷卫生，抬脏土箱等。在松树林里，一排排整齐的帐篷和正规
军营一样，十分壮观。一日三餐，每到饭前，我把裹着纱布的左脚，塞
在笨重的皮鞋里，不但不能系鞋带，还要跛着脚，在一排排铺着洁白桌
布的餐桌上帮助摆放盘碟，这比操练步伐还感劳累。

此外，还要轮流站岗、放哨，夜间还要护旗。黑夜的旗杆下放了两挺机
关枪，以防"敌人"前来偷旗，偷机枪。我站岗的一夜，天上没有月色，
只有星光，微风吹动松林，淅淅有声，我的皮肤就起疙瘩，生怕有人来考验
我站岗是否负责，整夜战战兢兢，盼望着快快天明，幸好一夜无事。

最后，练习实战，分两个营，互为假想敌人。先作野战演习。我营
在刘伯承营长的指挥下，步出松林，在没有星光的黑夜里行军，皮鞋又
滑，田埂又窄，我生怕一不小心滑到水田里。绕来绕去，田埂老走不
完，越走越心跳腿软，幸而看见前面有火光，先头部队已与"敌人"交
火了，等我们到达前沿时，"战争"已告结束，也不知谁胜谁负，可能
都说自己营"胜利"了。然后演习巷战。我发现我们的营长刘伯承平易
近人，和蔼可亲。可惜一只眼在战争中受伤瞎了。在演习前他告诉我
们，巷战的目的是占领城市中的重要机关，也是当地的制高点。你们看
这一大片松林，虽不是城市，我们却要作为城市的争夺战来对待。制高
点在何处？重要的机关房屋又在何处？同志们都异口同声回答说："我
们开会用的大庄园的房屋"。目标明确了，营长说："要细心观察地势和

敌情，要团结一致，互相帮助，越过各种障碍，机警迅速地避开敌人的视线，随时向前转移，找到墙边可供藏身之处，作自己的隐蔽点。注意散开，不要几个人挤在一起……"女同志们互相告诫说："听说男同志冲锋时，准备带绳子，要抓女同志当俘虏。我们女同志冲锋时要跑在前头，千万不要给他们捉到了。"我们营的队伍先从村庄外出发，向村庄进攻，遇到最大的障碍是庄子的两扇紧闭着的铁栅子大门，每个人都要从上面翻过去，动作要求轻快，不要碰响了警铃。再沿着墙壁向前跳过山丘，隐在矮松树下看"敌人"的动静。还要在没有一点声响的情况下，跑到巷道的转角处，边向前跑边找到能隐蔽的地方，听到冲锋号响了，就拼命地向庄屋高大的台阶跑上去，拿出每个人身边带的当手榴弹的纸团，向"敌人"摔去。结果，女同志跑在最前面，没有一个人被俘。我们这一营先上了庄屋，取得了胜利。女同志们受到夸奖，个个喜笑颜开，感到光荣。

军训结束了。这是我在留苏生活中最感新鲜，最振奋精神，也最难忘的一段回忆。

去中山大学报到，编入特别班

在莫斯科中山大学 9 月 1 日开学前，我就去办了入学报到的手续。我走到中大报到处，没有想到在武汉的董必武老师和钱介磐同志也前来报到。劫后余生，彼此相见，真是悲喜交集。

报到处的苏联同志看我年轻，想把我编入普通班学习。普通班学三年，特别班学两年（为了老年同志可以及早回国参加工作）。我想普通班可以多学些革命理论，而且俄文也不是短期就能学好的，就同意上普通班。这时钱介磐对那位苏联同志说，"她也可以编入特别班，和我们一起，因她和我们曾在一起工作过，还是编入特别班吧。"

　　"老头子"的特别班，在1928年下学期开始时，有徐特立、方维夏、夏曦、董必武、钱介磐、李国宣、王贝、姜震寰、江皓、李哲时；原在中大专门研究"太平天国"的吴玉章、林伯渠也要求进特别班来了。普通班的赵世兰说她已有40岁了，也要求转到特别班来。瞿秋白和张国焘参加六大后被留在莫斯科成为中国驻苏的第三国际代表，所以他们的夫人杨之华、杨子烈也参加特别班的学习。1929年初，叶剑英也来特别班学习，这是特别班的极盛时期，共有17人。其中的四位女同志，杨子烈是我湖北女师同学，共同闹过学潮。杨之华是同路来到莫斯科的，赵世兰大姐是我的老朋友了，我们曾一同在湖北省妇协办过妇女训练班。

　　特别班的课程有十几门，如《社会发展史》、《政治经济学》、《列宁主义》、《唯物论》、《世界经济史》、《农民运动史》、《世界工人运动史》、《苏联第一个五年计划》和《俄文》等课程。毫无疑问，课程是比较重的，对年纪大点的同志更是如此。上课的方式是由苏联同志任指导员，带翻译来上课。他主要是提出讨论提纲和参考书目，布置讨论题，说明重点后就下课。学员以自学为主，到图书馆借参考书阅读，准备意见，到下一次课上发言，再由指导员做结论。讨论时要结合中国的革命实际，要把已有的经验上升到理论，所以讨论很生动，有时也很激烈。像董必武、林伯渠、吴玉章、叶剑英、徐特立等人的发言，有根有据，给人的印象很深。

　　课程中，我比较喜欢《政治经济学》，随着指导员来翻译的是杨尚昆同志，他译得清楚、流畅、好懂，而且我们从图书馆借阅的石印本《政治经济学》也是他笔译的。但是有些课就比较难了，如《唯物论》是上大课，全校各班同学都到俱乐部听讲，由中大毕业生卜世齐任翻译，但记不下来，不好复习，很可惜。我对唯物辩证法，从女师开始就很感兴趣，那时年纪小，觉得不大好懂，现在多么好的学习机会啊，可惺懂了一点，却又不系统。

对特别班的同学来说，最费力的课莫过于俄文了。教俄文的杜林娜是一位好老师，她先教课文，讲文法，写练习题，回答问题，循序渐进，但忽视了学生的年龄特征，不知道老年人和多数中年人记单字、拼音、背诵都是比较困难的，搞得我们把大部分时间都花在学俄文上，下了课都不休息，成天像念经的和尚，口中念念有词，但还是道行不高。后来为了速成，就在《真理报》上画上一段文字来学习，学习政治性的文句，如"联合"、"打倒"、"革命"、"苏维埃"等，和一些较长的政治性的词汇和句式，如有不认识的字就自己去查字典，这样一来，生活用语都不会说了，连上街买东西都很困难。

我曾报名学漫画。有一天，中山大学漫画组的指导员拿来一些反法西斯题材的漫画作品要我们临摹，因我不懂俄语，听不明白他的要求，但我画的漫画却被他张贴出来了。这对我当然是很大的鼓励，同学也因之认为我会画，竟一时传开了，说我是在美专学的画。可怜，我在上海美专国画系待的时间还不到两个月呀！

壁报负责人柳浦青同志来找我参加壁报工作，要我画一次壁报边栏，以一新耳目。他是在法国学工艺美术的，对壁报艺术绝不是外行，他说："我的东西同学们看厌了，要换个口味才好。"我只好动笔，把在女师画过的花卉，如牡丹、桃花、紫藤、蜀葵等，拣画得好些的，画到边栏上去。但报头上的灯塔，实在画得不行。好在中国花吸引了大家，都围着看，当然有人是在看文章不是在看花。

学生公社（学生会）改选，经夏曦提名，把我选上委员，分工担任文化委员会主任。凡学校的文化设施都是为学生的文化活动服务的，如俱乐部常有同学演话剧，陈徵明扮演的"沙可夫"，章汉夫扮演的"西绕"等角色，都演得非常出色。阅览室内陈列的各国书刊和报纸、象棋、吉他、提琴等也应有尽有。图书馆藏书非常丰富,有一天,李伯钊还借到一套昆曲作品,她选中了其中她会唱的两支曲子唱给我们听,真是难得的享受。我看了这部昆曲作品,觉得昆曲的词真美。我要求李伯钊教我唱一段《游园》:"姹紫嫣红开遍,似这般都付与断壁颓垣,良辰美景奈何天,赏心乐事谁家院,雨丝风片……"她先用简谱教曲,然后循音教词,我唱熟了之后,曾到特别班去教老杨(杨雨苍,即叶剑英的假名)和李国宣,因老杨曾教过我广东戏《霸王别姬》:"力拔山兮,气盖世……",杨还说他自己"也爱名马、宝刀、虞美人"呢。李国宣也曾教过我京戏,如《二进宫》等,但我没学会,因我不会循腔。听他唱了一句"躬身下拜"就拖了半天抑、扬、顿、挫,懂京戏的同学都叫好,但我实在学不来。我也曾教他们唱歌,那时,我早先的入党介绍人钱介磐也跟着我学唱歌。

先回国的同学不能带走笛子,他们知道我能吹,先后有两个人都把竹笛子留下送给我。有天晚上,在女生宿舍里,我吹笛子,李伯钊就练唱昆曲,简直是余音绕梁,别有一番风趣。她还会唱《闻铃》,那是唐明皇在路上怀念杨贵妃的故事。可我没有学过,太难了。有时李国宣也来玩,也一同吹笛子。女同学们都喜欢他来,因他幽默,常引起别人大笑,而他自己却一点笑容也没有。他每次来都要吹一阵笛子才走。我们两人吹得很合拍,昆曲以外,还吹过《苏武牧羊》等曲子,会唱的也都跟着唱起来,气氛很活跃,大家感到很愉快。后来,他和董必武一起转到列宁学院英文班去了。

中大的课外生活是非常丰富的,我以上所记实在不足以概括当年的活跃景象。不妨猜想一下,一大群血气方刚的革命青年,不远万里,走到一起来了。这是一批民族的精英,革命的栋梁,在异国相逢自然是指点江山,朝气蓬勃,其生命力之旺盛,也就可想而知了。

战斗在滇缅公路上的海外赤子

——我所知道的南侨机工往事

林晓昌 口述　高芳 整理

编者按：抗战时期，为抢运中国政府在国外购买和国际援助的战略物资，滇缅公路上急需大量汽车司机和修理工。这时，旅居东南亚的华侨向祖国伸出了救援之手。1939 年 2 月至 9 月，响应华侨领袖陈嘉庚先生号召，来自马来西亚、新加坡、泰国、缅甸、越南、菲律宾、印度尼西亚等地的 3200 多名南洋华侨青年机工，组成"南洋华侨机工回国服务团"毅然回国，与祖国同胞并肩抗战。他们辗转于滇、黔、桂、湘以及缅甸、印度等地，为抗战提供后勤保障，滇缅公路成为了名副其实的"血肉长城"。年轻的华侨机工们用自己的技术、汗水和鲜血，打通了抗日物资运输的生命线，将青春和生命无私地奉献给祖国，以 1000 多名青年机工长眠在祖国西南红土地为代价，在中华民族抗战史上谱写了光辉的一页。

我们诚邀全国政协委员、南侨机工二代林晓昌，为我们讲述他所知道的这一段历史。

作者近照

抗战中的"南侨机工"

抗日战争时期，国内需要的抗战物资相当大的一部分依靠国际援助，其中1/3左右则是来自国外华人华侨的捐助。随着上海、南京、武汉、广州等地的相继沦陷，中国的沿海口岸大都被日本占领，马六甲海峡的咽喉要道也被日本控制。这些战略物资要运到国内，唯一只能从印度洋走缅甸，然后经我国的云南运输到祖国各地。

为了保障物资的运输和供应，1937年底，滇缅公路开始修建。军民出动20多万人，有钱出钱，有力出力，经过八个月的时间，一条长达1100多公里的滇缅公路修建完成。为此，3000多人付出了生命，长眠在我们祖国的西南土地上。

当时的援华物资是由轮船直接到缅甸的仰光港，再由仰光走铁路运

英姿勃发的南侨机工。左一李青海（印度人）、左二林福来、右一梁广昌

至缅甸腊戌，之后，从缅甸腊戌到昆明、再到各个前线，都要靠公路运输，这时就急需大批的驾驶员和汽车修理工。在20世纪30年代，中国还不像现在这么多人会开车，也没有修车的。国民政府致电爱国华侨、时任南洋华侨筹赈祖国难民委员会主席的陈嘉庚先生求援。陈嘉庚先生接到救援函，马上在《南洋商报》登出启事，发动全球华人共赴国难。

国家兴亡，匹夫有责，海外的有志青年纷纷前来报名。当时这些华人基本上家里都有车，应征者的驾驶技术都不是问题，另外还要体检，要求身体好、技术好才能报名。首批参加的就有100多人。

华侨机工大部分来自南洋的马来西亚、菲律宾、新加坡、印度尼西亚、越南、柬埔寨、缅甸等地，也有的来自大洋彼岸，包括巴拿马、巴西的华人都有。这些华侨机工，95%以上的祖籍为广东、福建、海南、广西等地。我父亲也是南洋华侨机工中的一名，他是来自马来西亚的华侨，祖籍福建。

援华物资经滇缅公路运到云南后再分运到祖国各地，哪里有需要就运到哪里。当时主要有四条线：一条到贵阳前线，一条到广西，一条到武汉，还有一部分则运到延安的西安运输处。所以很多南侨机工后来又参加了八路军。

奔驰在滇缅公路上的南侨机工及其运输的 55 万吨物资，让日本妄图三个月灭亡中国的计划彻底破灭。为了彻底切断这条中国抗战的"输血管道"，1941 年底，日本入侵缅甸。当时的缅甸属于英国殖民地，英军抵挡不了日本的侵略，向国民政府求助。1942 年 2 月，中国组成集精锐力量的中国远征军，以杜聿明为代理司令长官，由中缅印战区参谋长史迪威指挥。远征军出征缅甸，也是南侨机工作为运输兵，把部队送到缅甸战场。

第一次缅甸战役以失败告终，远征军各部分头撤退。自此，滇缅公路沦陷。从 1939 年 2 月 25 日第一批南侨机工参加到滇缅公路运输线，到 1939 年 9 月份的最后一批，共有九批 3200 多名华侨子弟加入到滇缅公路的运输，共计运送物资 55 万吨，先后有 1000 多人牺牲，最年轻的才 18 岁。他们把自己的青春和热血献给了祖国，长眠在我们西南边陲这块土地上。

运输中导致死亡的因素一个是日本飞机扔的炸弹。这些车辆一般是运军火，一旦被炸上就是车毁人亡，连尸体都找不到。第二个就是翻车。当时都是土路，山高路险坡陡，加上泥石塌方很厉害，很容易翻车。还有就是染上"打摆子"（即疟疾）病也死了很多。南侨机工们白天风吹，晚上露宿，走到哪里就睡在哪里，走到哪里就吃在哪里。正因为此，抗日救亡运动中，毛主席褒奖陈嘉庚先生为"华侨旗帜，民族光辉"。

缅甸沦陷后，后来开辟了驼峰航线，所有的援华物资从印度空运到昆明。很多南侨机工继续战斗在抗战的运输线上。如我的父亲1943年又参加了飞虎队，用汽车把物资从印度的港口运到机场，然后再由飞机运往昆明，直至抗战结束他才回到中国。

抗战期间，奔波在滇缅公路上的华侨机工们不仅得到了全国人民的尊重和爱戴，也让许多云南姑娘心生爱慕之情。德宏州是傣族聚居最多的地区之一，傣族姑娘很漂亮，一些南侨机工就在此成家了。我的父母也因此演绎出了一段浪漫的爱情故事。父亲跟母亲是1942年认识的。我母亲是缅甸华侨，缅甸沦陷后，很多华侨都往国内跑，我母亲和她一家人也准备回国。从仰光坐火车到腊戌时，在火车站遇到了父亲。父亲看一家老的老，小的小，又同是华侨，内心十分同情，就让全家搭上自己的顺风车，送到昆明。一路上，外公看到这个小伙子心地善良，后来就把女儿许配给他。

1945年抗战胜利后，国民政府遣散了南侨机工服务团。在陈嘉庚先生的安排下，一批机工返回南洋，有的则留在国内定居。父亲本可以回马来西亚，但他考虑自己已成家，而我母亲跟外公、外婆因国籍不同不

1939 年《南洋商报》报道

能都跟他回马来西亚，最后还是放弃回去。因父亲在抗战期间曾多次运送军火到延安，对八路军倾慕已久，他就继续留在国内参加了解放战争，也是搞运输。1950 年云南和平解放后，他就回仰光了。

我被他们的经历所感动

父亲经常跟我讲南侨机工的故事。听父亲说，有一次，他在运输过程中遇到了日本飞机的狂轰滥炸。

走在他前面的一辆车子拉的是手榴弹，不巧被日本飞机击中，一车的军火全部爆炸，距离他的车只有两三百米。当时的场景很可怕。这时候，既要保证军火的安全，又要避免自己无谓的牺牲。怎么办？父亲当时 20 岁，他 16 岁就学会了开车，已经是有五六年驾龄的老司机了。他迅速打了一个转弯，让车靠在路边的大树底下躲避敌机，然后自己赶快跳车。大腿因此被夹板夹掉了一大块肉，流血不止。后来我问他，为什么不直接跳车？他说："前线是如此地需要这批炸弹，这批炸弹能救活多少中国人，你知道吗？我当时心里想的是，宁可牺牲我一个，也要保证这些军事物资一定要送到前线。"后来，国民政府专门对他进行了嘉奖。

父亲还给我讲过一个故事，也是相当感人。父亲有一个战友，他是马来西亚太平县的。当时响应陈嘉庚先生的号召，他就一定要报名参加。他家在马来西亚相当于中产阶级，很有钱，他又是家中的独子。因为上战场随时都有牺牲的可能，他父亲就坚决不同意。为了报名，他跑到马来西亚另外一个省槟城，隐姓埋名参加了南侨机工，当时年仅19岁。他被安排在了缅甸、云南交界的腊戌到遮放路段。运输途中最危险的就是这一段，不但山高路险，而且经常遇到日本飞机的轰炸。司机白天不敢开车，晚上如果遇到天气好的时候也不敢开大灯，只用电筒照明。

这个年轻人当时年龄还小，就像温棚里的花，没有受过风吹日晒。来到运输线上三个多月，突然就"打摆子"。当时得这种病的很多，一旦被蚊子叮了就可能被传染，如果是急性的，最多两天就能致死。缅甸的中国远征军因染上"打摆子"牺牲的相当多。第一天晚上，他开始像感冒一样发烧，第二天照样开车，一直坚持到下午。他车上装的全部是药品、酒精、绷带之类的医药物资，前线非常急需。他在前面开，父亲的车跟在后面。父亲从后面看到前面的车子已经开得歪歪扭扭了，才发现他已经烧到快昏倒。但是这个小伙子仍然竭尽全力保护一车药品。后来他用尽最后一丝力气把车停在了路边，车队其他人看到后都赶快跑过去，这时人已经昏倒了。把他叫醒后，他对父亲说："福来兄，我肯定不行了，我死了以后，一定要把我的骨灰埋在我们祖国的滇缅公路上。"父亲问他为什么，他说："我一定要看到日本的侵略者被我们中华民族赶出国门。"

说完这话还不到两个小时，当天晚上人就死了。几个人拿柴火把他的尸体火化，然后把骨灰包起来，放在中转站。后来由国民政府致电马来西亚，通知到了他的父亲。

他父亲已经在《南洋商报》登了好几个月的寻人启事，一直找不到人，根本不知道他来中国参加抗战。他父亲看到电报当时就昏倒了，后来还是千里迢迢从马来西亚搭船，经越南来到云南找到儿子的骨灰。按照他的遗愿，骨灰埋在了滇缅公路上。

类似的故事还很多。听父亲讲这些往事时，我始终被父亲的爱国情怀所感染，被3000多名南侨机工的故事所感动。

用思想和灵魂体现人生价值

新中国成立后的第二年，中缅建交。1952年，中国驻缅甸大使馆找到父亲，说，福来同志，你的驾驶技术和修理技术都是很高超的，祖国需要你这样的技术工，现在国内要建驾校，你去做教练如何？就这样，父亲应中国大使馆的邀请，为了祖国的建设又回到了国内。

父亲回国后被安排在保山驾校。1955年的一天，突然上面来人说，林福来，停止你在驾校的一切工作。也不问青红皂白。当天晚上军管会把他叫去，说父亲"拐卖孩子，里通外国"，把他送到监狱，判了十年。

事情的原委是这样的：父亲有一个战友，在滇缅公路运输期间，跟云南当地的一个傣族姑娘生了一个私生子。他因为之前在马来西亚有妻室，1945年抗战胜利后就回马来西亚了。回去之前，他把孩子委托给父亲抚养。父亲受朋友之托抚养孩子，不料被人诬告拐卖，在监狱一待就是十年。

当年他回祖国时，母亲带着年幼的孩子留在了缅甸，没有一起回来。父亲入狱后就与家里失去了联系，母亲一直在找，可当年交通和通信不像现在方便，彼此音信皆无。1965年，父亲刑满释放。因为他有技术，就留在了劳改队，由犯人变成了职工，还是搞汽车修理，直到1983

年退休后回畹町定居。

父亲退休后经常去缅甸，当时我也在缅甸做边贸。有一次我们偶然碰上了，他是福建人，我也是福建人，就谈得很投机。当时我还小，二十几岁，我发现这个老人很善良，言谈举止很是平易近人。后来听他讲自己的经过，时间久了，我慢慢对这个老人敬重起来，后来就把他当成自己的老人来赡养。所以我是他的养子，并非他亲生的。

他经常跟我讲南侨机工战友的故事，每个人都有一段故事，他讲这些华侨子弟是如何放弃富裕的生活回到家乡参加抗战，讲他们是如何在日本飞机的狂轰滥炸之下出生入死，遇到山体滑坡怎样拖车……相当感人。

有一次省侨办的同志找到他，说："福来同志，现在已经拨乱反正了，你对组织上有什么要求？"我当时也在旁边，就听父亲说："崔同志，只要我们国家强大了，不挨打了，我坐这十年牢又算得了什么？"后来又问他有什么经济上的要求。他说："我们国家正在建设，还相当穷，我虽然苦，但是还可以养活自己，我不需要。"他那种无私的境界一下子让我呆住了。我没有想到一个60多岁的老人会说出这样的话。对方又提出补发他这十来年的工资，可他仍回绝了："把这些钱拿去用在最需要的地方吧。"最后组织上知道他要养毛兔，就给他2000块钱，他仍然坚持打了一张借条。后来兔子都养死了，他硬是要我拿2000元给还上。

父亲不仅不要组织一分钱，还经常拿自己的退休工资捐助失学儿童。哪一个小孩没有办法读书，他就1元2元、5元10元地给。在80年代，5元钱还是很值钱的。父亲经常说，我们要有文化，有知识，才不挨打。在他病重期间，退休前所在的云南保山湾甸劳改农场分给了他一套住房。他说，这个房子我不需要，年轻人需要房子结婚，谁最需要就给谁吧。临终前他跟我说，如果他不在了，第一，单位的房子不能要，如果硬要给，就把房子卖掉，卖的钱捐给失学儿童；第二，所有医疗费、安葬费不准国家出。我按照父亲的遗愿，把卖房子的两三万块钱，加上组织上给的安葬费、医药费，捐助了 70 个失学儿童。后来我在云南捐建了七所希望工程小学，也是为了继承、发扬父亲的精神。父亲和他的南侨机工战友们让我感动，更让我尊重。在我眼里，他们是在用思想和灵魂体现着自己的人生价值。

南洋华侨机工回国抗日纪念碑

继承父亲爱国爱家的光荣传统

父亲生前曾反复叮嘱我，一定要继承、发扬林家爱国的光荣传统，在力所能及的范围内，让更多的人了解这段历史，弘扬南侨机工无私爱国的精神。我原本是一个企业家，后来全力以赴于这段历史的研究。哪个南侨机工生活有困难，我也都全力相助。我的家就是南侨机工的家。很多南侨机工没有工资，他们天天都来，我有什么吃的，也有他们一份。他们没有钱了，我说我有，你拿去。有位老人虽有子女，但是子女对他有意见。"文化大革命"期间，南侨机工个个都被抓去判刑，他的子女也被牵连下放到农村，对自己的父亲就一直有一种责怪的心理，说"你千不应该、万不应该，不应该来参加南侨机工"，不理解自己的父亲为了祖国的生死存亡所做的付出，对他不孝顺。我说，你就来我这儿，这个家就是你的家。我被评为好几届"十佳孝子"，就是因为这一点。很多南侨机工临死前，自己的子女不想，就想到我。一个昆明的南侨机工叫蔡长梨，临死前非要看我一眼。当时我在瑞丽，后来坐上飞机来到昆明医院，刚到医院跟他说了不到 40 分钟的话，他就眼睛一闭，眼泪流了出来。包括为南侨机工平反，帮他们落实政策，解决他们生活上的各种困难，我也都尽自己力所能及去做。成都有一个南侨机工的遗孀叫陈大妈，她老伴在"文革"时被关在监狱里活活整死了。我知道以后就经常去看她。她的子女对她很不孝。她病重期间，跟侨办说，"一定要阿昌来"，非要见我一面。

2005 年，由我发起并捐资修建的南洋华侨机工回国抗日纪念碑在畹町落成，由著名书法家启功亲笔题字。现在它已成为中国侨联爱国主义教育基地、青少年爱国主义教育基地，云南省国防教育示范基地。2008年，我提交了关于南侨机工回国抗战遗孀生活困难补助的提案，后来国家财政部每年专门拨款，给这些人每人每年补助 6000 元，直到去世。2009 年是华侨机工回国抗战 70 周年，爱国华侨领袖陈嘉庚先生的长孙陈立人先生倡议说，必须要成立一个南侨机工历史研究会。我被推举为研究会会长，一直担任至今。明年是南侨机工回国抗战 75 周年，南侨机工抗战纪念馆也将奠基，计划于 2015 年抗战胜利 70 周年时完工。2008 年我在北京开两会期间，胡锦涛总书记来看望侨联组时曾语重心长地跟我说："希望你继续发扬你父亲的光荣传统。"

我参加了莫斯科保卫战

杨醒夫

1935 年，党组织派我到苏联海参崴中国列宁学院学习。在学习期间，我加入了共产主义青年团，并担任该校团委书记。1939 年德国法西斯发动侵略战争，战火不断蔓延，苏联政府和人民正竭尽全力准备对付即将来临的大战。

卫国战争开始

1941 年 6 月 22 日（星期日）黄昏时分，夏日的晚风不时从海边吹来，沁人心脾。海参崴市列宁大街上，人们摩肩接踵热闹非凡。汽车的嘈杂声，人们的欢笑声，不时还夹杂着年轻人的高谈阔论和喧哗声，一切都显示出和平居民无忧无虑、安居乐业的欢快与和谐的生活景象。我和一位同事准备到市公园去游玩，正信步走在大街上。约 7 点钟时，街上的有线广播突然响了，广播员用急切的语调告诉人们有重要消息要报道。片刻，传来了苏联外交人民委员莫洛托夫铿锵有力的声音，他代表党和政府向全国人民宣布："1941 年 6 月 22 日拂晓，法西斯德国背信弃义，不宣而战，突然进攻苏联。党号召苏联人民奋起捍卫自由和独立，捍卫自己的社会主义祖国。我们的事业是正义的，我们必胜！"大街上的喧闹顿时停止了。许多人停止走动，站在扩音器下侧耳静所。宣战书和战争的消息使人们的欢笑声和愉快的目光消失了。每个人都知道战争意味着什么。我的同事小声对我说："战争开始了！"

在回家的路上我思绪万千。大战开始了，我年轻，又是一级预备役，估计很快就要被征入伍。假如日军暂时不进攻苏联，那我先要与德国法西斯去拼搏，如果苏联能打败德国法西斯，驱逐日军出中国的问题就不难解决了……反正一样，都为了消灭世界人民的死敌法西斯！回国的念头暂时被打消了。

1941 年 6 月 29 日，苏联党和政府提出：动员全国力量同侵略者作斗争，在短期内使国民经济转入战时轨道，整个国民经济要为战争服务；动员和重新分配物力、财力和人力，以保证前线需要；使民用工业部门转轨生产军工产品，尽量增加武器、弹药、坦克和飞机的生产。

1941 年 7 月 3 日，国防委员会主席斯大林在广播中阐明了伟大卫国战争的正义性质。他说："每个苏联人的神圣职责就是保卫祖国。在前线要英勇顽强，在后方要忘我劳动。"他号召工人、集体农民和知识分子"一切为了前线！一切为了胜利！"

1941 年 6 月 22 日宣布动员有服兵役义务的人加入红军，并规定征募 1905—1918 年出生的人入伍。宣布进入战时状态。到 7 月 1 日前应征入伍的达 530 万人。

6 月 26 日，海参崴市兵役局把我叫去。该局负责人说，苏德战争开始了，在远东，日本法西斯也可能动手。国防委员会命令全国总动员，你是一级预备役，应当入伍，保卫祖国。现在你把这张履历表填一填，等命令前来报到。对此我在思想上早有准备，对德日法西斯的极大义愤和仇恨，使我早想与他们拼一拼。"战场上见！"我暗自对自己说。

7月初，滨海边疆区军事委员会命令："一级预备役少尉杨醒夫应征入伍。"市兵役局负责同志对我说，根据舰队司令部要求，我们研究决定，你仍在外文培训班任军事教员，军衣和武器到你们单位后勤部门去领。

太平洋舰队外文培训班35岁以下身体健康的男教员都陆续应征入伍，司令部举办新入伍军官海军业务培训班，我也参加了。主要学习海军常识，并到基地和军舰上参观访问。结业后进行测验考试，发给结业证书。

在德国进攻苏联之前，日军在中国东北有48万名官兵，到1941年9月，关东军的数量已增到100多万，部署在中苏边界，妄图待机进攻苏联以解决"北方问题"，即侵占苏联远东和西伯利亚的绝大部分地区。考虑到远东的紧张形势，苏联被迫在远东保持40个师的兵力，而这些兵力在苏德前线是十分需要的。为了应付突然事变，滨海边疆区军事委员会和太平洋舰队作出专门决议：建立游击战的作战组织，在游击区储备武器、弹药和粮食，并准备在可能被占领地区组织党的地下活动，配合正规军打击侵略者。

太平洋舰队积极进行战斗准备，保持高度警惕。有时进入一级战备，多次进行防空演习和急行军操练。我们经常全副武装睡在办公室。

1941年秋，出于战争需要，苏联海军各舰队曾组建25个海军陆战队旅（其中12个由太平洋舰队和红旗阿穆尔河（黑龙江）区舰队的军人组成），编入诸兵种合成集团军。9月底，希特勒德军对莫斯科发动总攻，莫斯科情况十分危急。国防委员会下令调七个海军陆战队旅去保卫莫斯科，其中太平洋舰队和阿穆尔河区舰队就派去了四个旅（第六十

四、六十二、七十一、八十四旅）。

太平洋舰队外文培训班教职员工参加陆战队旅的有校长莫·克雷洛夫上校（任六十三旅旅长），年级主任两名，教员和机关军官及士官共20多人。8月底，该校政委尼古拉耶夫中校找我谈话："德国法西斯逐渐逼近莫斯科，首都处于危急之中，国防委员会指示我舰队组成12个陆战队旅，干部很缺，你年轻力壮，受过军事训练。我们研究决定，派你去参加陆战队旅工作，可能很快就上前线作战，你有什么意见？"我说："我早就有思想准备，没意见。服从组织分配，尽力完成任务！"他又说："那很好，把工作交代一下，做好准备。后天到市郊19里地独立第六十四旅旅部报到。"

第二天早晨，我乘郊区火车到19里地旅司令部报到。参谋长苏什科夫少校接待了我。他翻了翻花名册对我说："你到三营二连二排任排长，连长瓦西利耶夫海军上尉是你校军事教员，你们熟悉。排里战士多半是才入伍的新兵，你们要抓紧时间进行队列训练，尽快掌握武器，做好一切准备。"他派一位参谋送我到连部。连长瓦西利耶夫见到我，十分高兴，他热情地欢迎我来连队工作，并把我介绍给连指导员别利科夫中尉。他们带我到二排驻地同班长和战士们见了面。

第六十四旅刚组建完毕，干部是由舰队抽调的，兵源主要是刚入伍的新兵。旅长为莫·奇斯佳科夫上校，政治委员是团级政工干部伊·图利诺夫；旅下属四个步兵营、两个炮兵连（反坦克炮连和迫击炮连）、一个机枪连、一个通信排。每个步兵营有三个步兵连，每连有三个排。全旅共1500多人。

我很快地熟悉了兵营里的情况和有关人员，掌握了苏德战争开始后才装备部队的迫击炮、冲锋枪和反坦克枪等新式装备。军训是按计划进行的，上午是队列操练，下午由我和班长给战士上兵器、打靶、投弹等课。部队生活虽然紧张，但全排战士精神饱满，斗志昂扬，迫不及待地想奔赴前线杀敌。

保卫莫斯科

10月初国防委员会命令独立海军陆战队第六十四旅立即开赴前线执行战斗任务。在全旅动员大会上，旅长宣布了国防委员会命令和开拔计划。政委在简短的动员报告中说："10月初德军已接近莫斯科，首都处境危险，需要我们迅速奔赴前线，与兄弟部队并肩作战，坚决粉碎德国法西斯的进攻，保卫莫斯科，解放沦陷的国土！"

三天后，全旅乘军用专车奔赴莫斯科前线。火车行速是很快的，但由于沿途要向兵站供应点领取食品，火车多次调换车头，也耽误了不少时间。一共走了12天，我们才到达了莫斯科北面60多公里的扎果拉斯科南郊七公里的宿营地。它是莫斯科的第二道防线，是布琼尼元帅预备队方面军重新组编的第二十集团军驻扎地。我旅是最高统帅部调拨给该集团军的。

1941年严冬来得比往年早半个月，10月中旬莫斯科区域就大雪纷飞了。野地、高丘、灌木林和一望无边的帐篷都被厚厚的白雪覆盖了。凛冽的北风呼呼地吹着，在外面值勤的战友们的鼻子和面颊冻得通红。为了防备敌人频繁的空袭，集团军司令部命令全军处于特级战备，夜间进行灯火管制，禁止随意燃点篝火。尽管天寒地冻，但全体官兵仍士气高昂，随时准备奔赴第一线与德国侵略者进行战斗。

11月底，敌突击集团先头部队的小股兵力，推进到莫斯科河一伏尔加河运河，并在伊克沙以北雅赫罗马地域强渡该河成功，情况十分危急。为了解除面临的危险，苏军最高统帅部和西方方面军首长把两个预备队集团军与第二十集团军调到雅赫罗马以南地域，加强第十六集团军的防御和实施反击，第一突击集团军则被调到德米特罗夫以南莫斯科河—伏尔加河运河一线，与第三十集团军防线相接。

我旅经过一整夜行军于 11 月 28 日凌晨进入前沿阵地，加强第十六集团军红旗师部分阵地的防御。我旅防御正面为 4 公里，防坦克支撑点和防坦克地域由旅炮兵连进驻。交接完毕后，连长瓦西利耶夫传达了营的阻击任务。连长刚交代完任务，德军的炮火准备已经开始。榴弹炮、迫击炮炮弹不断倾泻到我们的阵地上。我们急忙各回自己阵地，准备应战。十几分钟后敌人的八九辆豹式坦克出现在我们的阵地前，向我营防御地带冲来。我防坦克支撑点的火炮开始急射。我是第一次参加战斗，心里有些紧张，但当看到跟在坦克后面、号叫着"希特勒万岁!"的法西斯匪徒时，强烈的仇恨心理使我很快镇静了下来。冲上来的坦克有的被我炮火击毁，有的触雷不能动弹。冲上来的步兵，在我们猛烈的火力下，死的死，伤的伤，剩下一部分只好夹着尾巴撤了回去。德军的进攻被击退了。

战斗结束后，我排防御阵地前摆着九具德军士兵尸体。我排两名战士阵亡，五名受伤。

27 日落了鹅毛大雪，积雪足有半尺多深，气温下降到零下 16 摄氏度，整个大地似乎都被冰雪凝结住了。雪原上最显眼的是那坟墓上的十字架和一丛丛的枯草及蓬蒿。北风呼啸着，好像连心都要被吹凉了。战友们不分昼夜蹲在战壕里，每天还不一定能喝上一点热汤热水。睡觉时用毛毡裹在身上，落在帽子上和衣领上的雪，从脖子上滑进去常常把人冻醒。在这冰天雪地里，唯一可以取暖的东西是伏特加酒。因部队毡靴和皮袄供应不足，我们仍穿着海军呢子大衣和皮鞋，不少同志被冻伤，我的两脚冻得肿起来，行动都有些不方便了。

29 日晚我旅旅长奇斯佳科夫上校传达了第二十集团军首长库罗奇

金将军的命令：明日凌晨我旅协同集团军部队在彼得罗夫将军的机群掩护下实施反突击，向前推进5～7公里，占领敌人第一道防线。旅长命令各连队今晚做好准备，带足弹药。

第二天天刚刚发亮，法西斯军队密集的炮火就向我阵地袭来，品字形坦克编队在敌机配合下向我阵地逼近。

此时，在阴沉沉的天空中，闪现出我方反突击的信号弹。我军炮兵开始齐射，榴弹炮和"卡秋莎"火箭炮炮弹闪电般腾空而起飞向进攻的敌人。集团军第五十七师坦克部队在我空军战斗机群掩护下向敌人坦克编队冲去，开始了一场激烈的坦克战。旅长命令我们跟随坦克冲击。这时，飞机坦克的轰鸣声、炮弹的爆炸声和团团硝烟弥漫了整个战场。当我们看清密集的德国鬼子时，我连连长高喊："为祖国，为斯大林，冲锋！"我端着冲锋枪跑在前面带领全排向敌人冲去。短兵相接，枪声、喊杀声交织在一起。经过近半小时的激烈战斗，敌人抵挡不住我军强大的反击，被迫边打边退，两挺轻重机枪架在倒塌房子的残垣上疯狂地向我排扫射。两位战士中弹倒下，我们的前进暂时受阻。我下令卧倒匍匐前进。一班班长西多连科中士主动从侧面灵活地匍匐接近敌人机枪火力点，在我排轻机枪火力掩护下，他把手雷猛地向敌人投去，随着轰隆的爆炸声，哒哒的机枪声戛然而止。我排冲了上去，与友邻部队一道收复了这个小村落。

这次战斗持续到中午。我旅向前推进了5～6公里，收复了一个居民点。敌我双方损失都不小，人员伤亡很大。我连在这次战斗中歼灭敌人30多名，缴获机枪两挺、冲锋枪十余支，迫击炮一门，我排反坦克手科马罗夫击毁了一辆坦克。三排排长牺牲了，我连连长负了重伤，我右腿被弹片炸伤。我排七名战士为国捐躯，13人负伤。

战斗结束后，负重伤的连长已送医院治疗。旅长命令一排排长特鲁申中尉升任连长。营长叫我同伤员一起到野战医院治疗，排长职务由一班班长西多连科中士代理。

12月初，我旅政委图利诺夫来到野战分医院看望我们。他对我说："敌人的进攻已被阻止，我军向前推进了20多公里，正在准备大反攻。最高统帅部有指示，特种兵专业人员可归队。我们研究决定，因你的伤还没好，派你回舰队。你这次参加作战完成任务较好，尽到了自己应尽的责任。过几天我旅有十几名伤员将由专人和医务人员护送回舰队。你们连长伤势很重，可能要截肢，生活不能自理。我们已向集团军申请授予他一级卫国战争勋章。你们是一个单位来的，你去集团军野战医院看看他，多照顾他一些。"

重返海参崴

12月中旬，我旅13名伤员从集团军野战医院驻地罗波恩亚乘火车回远东。到了晚上，疾驰的列车像是知晓乘客的心情似的，刚进入莫斯科市郊区就减慢了车速。我睁大了眼睛望着苏联首都——莫斯科。茫茫的黑夜，加上严格的灯火管制，使我看到的只是模糊的城市轮廓。高大建筑物仍隐约可见，红场上几个塔楼上面的红宝石大五角星已用黑布裹上了。街上的车辆和行人稀少，笼罩着一种寂静的气氛。早就向往的莫斯科，在车窗前闪闪而过了。

第十一天列车到达了终点站海参崴。到站台来迎接的有太平洋舰队军事委员扎哈罗夫中将和伤员单位代表十多人。外文培训班政委尼古拉耶夫中校和新任的校长伊万诺夫大尉来接我们。我见了他们，好似见到了久别的亲人，激动得热泪盈眶。政委讲了几句鼓励话。我说，瓦西利耶夫连长左腿截肢才20多天，每天需要换药，要住院治疗。我的伤口基本愈合，只是行路不大方便。政委亲切地说，你先在家养伤，要尽快恢复健康。

第三天外文培训班召开欢迎会，欢迎我校从前线归来的同志。在会上，我代表归来的同志致辞，主要谈了莫斯科保卫战的概况和战友们的英雄事迹，受到与会同志的热烈欢迎。

我亲身参加莫斯科保卫战的经历前后计三个月，至此便告结束。

在蓝姆伽军校受训

胡汉文

抗日战争期间，我随杜聿明部队转战于滇西，由滇西败退到缅甸，随之又由缅甸退到中、印、缅交界处野人山地区，向印度推进。入印后，我奉命在印度蓝姆伽接受汽车驾驶训练 3 个月，甫毕业即转入将校班继续受训。抗战胜利前夕，我曾四次率领部队往来于印度利卡尼和我国宝山县之间运送车辆和物资，现就记忆所及追述出来，供青年朋友了解、参考。

美国在蓝姆伽设立军事学校

杜聿明率部进入印度后，即被蒋介石任命为中国驻印军总司令，以郑洞国为副总司令，受史迪威将军的节制和接济。此后，中国部队陆续从昆明空运印度的不少。美国总统罗斯福向蒋介石建议，美国愿在印度设立各种学校，派出专门人员，帮助中国训练在印官兵。蒋介石收到罗斯福这个建议后大喜，立即复电表示完全赞同。经过磋商，决定由美国出面向英国交涉，把印度蓝姆伽英军训练地区以租借法案形式租借给中国，作为训练中国军队之用。中国受训人员的吃、穿、医疗、薪饷和其他费用全由英国政府负责供给，得到了英国首相丘吉尔的同意。于是一个接一个的学校在蓝姆伽开办起来了。

计这类学校有：步兵学校、榴弹炮学校、工兵学校、战车学校、汽车学校、通讯学校、将校高级教育班、空军学校（设在汀江）。

（1）步兵学校。孙立人的新一军、廖耀湘的新六军、杜聿明的新五军，都是经过这个学校训练后，用美械装备，于1945年前后回国的。（2）榴弹炮学校。究竟训练了多少中国军队，我不清楚，但后来在反人民内战中，国民党部队的榴弹炮营或团所有人员，都是这个炮校训练出来的。（3）战车学校。先后训练出有七个战车营。训练的坦克，最大的35吨，一般为25吨、20吨，最小的也有15吨。受坦克训练的驾驶人员，先要在汽车学校受汽车驾驶训练3个月，毕业后，才能入校。（4）汽车学校。陆续毕业的驾驶人员共259个班，每班80人，共2072人。我是256班毕业的，毕业后，才到将校班受训。根据美国规定：除专门受驾驶训练的人员毕业出去驾驶汽车外，凡是中国军官，不管哪个兵种，都必须受三个月的汽车驾驶训练。就是中、少将级以及在高教班受训的人，也不能例外。（5）工兵学校、通讯学校、空军学校均设他处，不在蓝姆伽。蓝姆伽周围有80多华里，除上述几种学校外，还有大、小集合场，大、小运动场和两条商业大街，一条是中国商业大街，经营商店的都是华侨，一条是印度商业大街，是印度商人集中的地方。另外，还有十几个电影院、几个公园。

训练情况

蓝姆伽的营房，以一个团为单位。营房内的一切全由中国人管理，美国人不干预，受训人员，按中国班、排、连、营、团编制。美国人只担任教育训练之责。上课一般是以连为单位，每天上午 8：00 时至 11：30，共三个半小时，下午是 14：00 至 18：30，共四个半小时。上午先看有关课目的电影片，然后是美国教官对课目作进一步讲解，下午在教练场进行实习教练。每个美国教官都有一名中国翻译员，把讲课内容译成中国话。吃饭也是以连为单位，每天早晨由英国人用汽车把主食、蔬菜、肉类、烧柴、油盐等按 120 份分送到营房，由事务长开条接收。

受训官兵的生活和待遇

官兵的薪饷由英国负责，每月 5 号，各连长在团部领款回连发放。士兵不分等级，每人每月 20 卢比，班长 30 卢比，少尉级 50 卢比，中尉级 80 卢比，上尉级 100 卢比，少校级 140 卢比，中校级 180 卢比，上校级 220 卢比，少将级 280 卢比，中将级 340 卢比，上将级 400 卢比。中国军官在印度没有上将级，杜聿明仅是中将，所以最高薪饷只是 340 卢比。一个印度卢比当时合国民党的法币 300 元，两个卢比换美元 1 元。也就是说，1 美元换国民党的法币 600 元。蒋介石把中国的货币搞到如此可惨的地步，在印度的中国军人都觉得这是中国的耻辱。

受训人员的服装，同样由英国供给，官兵一律穿军便服，同英国军队一样，不过军帽仍是本国军帽的形式。一年发黑皮鞋一双、胶鞋一双、袜子两双、灰色毛毯一条。营内设有冲浴室。中午、晚上可以自由去冲浴。英国还给中国官兵设有随营妓女，被杜聿明下令撤销了。

另外，美国 SOS（救济援助机构）给中国官兵每人发罗斯福呢军便服两套，尉级军官和士兵每人发给黄色羊毛毯一条，校级军官每人发给红色羊毛毯一条和 51 型派克钢笔一支，军用手表一只，指北针一个。

香烟由美国发给，士兵每人每天一包飞律浦，尉官每人每天一包骆驼牌，校级每人每天一包半红吉士，不吸香烟者不发，愿吸烟丝的发给烟丝和烟斗。其他还有口香糖、水果、糖果等。只供给军官不供给士兵。

中国驻印军在汀江设有办事处，主要任务是接送来往受训官兵，解决食宿以及交通等问题。由飞机空运到印度的受训官兵到汀江以后，先是洗澡，继是打防疫针，然后换上驻印军的服装，把由国内带去的新旧衣服一律烧毁。办事处开始登记每个人由国内带去的法币，并为之兑换成卢比。带钱最多的要算将、校级军官，有的竟带去几万元，少的也带有七八千元，最可怜的是士兵，一般都是 200 元左右，连一个卢比也兑换不到。

在汀江约住一个星期，每天都要打一次消毒预防针。一天三顿饭，饭后可以自由在附近游玩，等办事处把车交涉好后，即乘车直开蓝姆伽营房，经三日三夜才能到达。

车队在中印公路的行程

中印公路未通前，由印度到昆明的军用物资，包括汽油在内，全由空运。自滇缅路工程告一段落后，美军就开始修筑公路，这条路很快修好通车，命名为史迪威公路，后改称中印公路。从印度的利卡尼起，经过鬼门关、野人山、喜马拉雅山脚下，进入缅甸新背洋。新背洋是个大站，有招待所，有加油站，有汽油压力设备站，均有美军守卫，凡要进入中国境的车队、人员，都在此休息一夜，第二天才能到密支那，第三天到八莫，第四天到中缅边界畹町，第五天从畹町进入我国的宝山县，第六天到下关，第七天到楚雄县，第八天到昆明。上述八天是车队的行程。

再说中印油管。油料由印度的加尔各答开始用油管通到印度的利卡尼，然后经中印公路沿线通往昆明，中途有好多汽油压力机站，把汽油从这山压过那山。因为没有压油站，汽油遇到高山就流不过去。汽油的来源，系美国用油船从中东一些阿拉伯国家，运到印度加尔各答美国油厂的。

自中印公路通车后，每天从印度的利卡尼开往中国一个车队。这个车队，包括十轮大卡车80辆，中吉普5辆，小吉普7辆，车上装有武器弹药和通讯器材。车队后面跟着一辆大吊车，一辆卫生救护车，预防发生事故，通过了喜马拉雅山脚下后，这两辆车仍回利卡尼。车队所有大、小车辆，都配有两个驾驶员，一正一副，另外，还有一美国尉级军官，两名士兵跟车队直接到宝山，把车子和物资全部移交中国后全部驾驶人员和跟车的美国官兵休息3天，第四天乘飞机回印度利卡尼待命再运。

为什么每天只有一个车队开进中国呢？主要是因为沿途的招待所，只能担任200人一天的吃住，多了没有条件容纳，另一方面也没有这么多的汽车。我就是跟着这样的车队来往了4次。

美国在印度加尔各答设有一个汽车装配厂，把美国制造好的大小车辆，从美国运到印度该厂装配。装配好的车辆，由美军SOS负责接收，再装运好物资待运。

1945年8月15日，日本帝国主义者宣布无条件投降，中国驻印军总部撤销，先后分别回国，蓝姆伽各种学校的器材、机械以及35吨、30吨、25吨等大型坦克，全部交给英国，算是中国偿付英国租借法案上的一部分现金。

第二次世界大战中鏖战在大西洋的中国军人

刘永路　陆儒德

冒着迎春瑞雪，我们沿大连老虎滩干休所的山路拾级而上。叩响郭成森家门，这位曾经乘英舰驰骋大西洋战场，后成为我人民海军"南昌"舰首任舰长的风云人物。

出现在我们面前的是位面带慈祥笑容的老人。他年逾古稀，鬓发斑白，但精神矍铄，双眸有神，看上去要比他实际年龄年轻许多。客厅里，忙乎着为我们沏茶的是他的老伴，一介绍，方知是著名爱国将领林则徐的第五代孙女——林桂华。

"时间过得真快呀，第二次世界大战都胜利 50 年了！记得那年我们出国前，海军部部长陈绍宽将军对我们说过，总结一百年的历史，外强都是从海上入寇中国的。所以中国若没有海军，就要沦为亡国奴！"郭老打开了话匣子，把我们带入了那个浪飞潮涌的岁月。

一位 14 岁的少年被招生广告引进了考场。他"抓阄儿"去了英国，成为中国历史上第一批乘外国军舰参加世界海战的幸运儿

1934 年，杭州西湖畔一位 14 岁的初中生，被一则海军学校的招生广告吸引进了考场。发榜那天，他在浙江省第七名录取者的位置上看到了自己的名字——郭成森。不久，南京举行全国统一复试，他又顺利过关，被录取到福州海军学校驾驶科第八期。从此，他便在这所清末创办的中国最老牌的海军学府中，开始了 8 年零 4 个月的苦读生涯。他的队长，就是后来率国民党江防第二舰队起义的著名爱国将领林遵。

就学第三年，抗日战争爆发。郭成森随海军学校辗转迁徙，1942 年毕业于重庆，被分配到长江岸防炮台第四总台第八台任少尉见习官。翌年，第二次世界大战进入反攻阶段，国民党军事委员会为了战后重振中国海军，决定选派一批优秀青年海军军官赴英美留学深造。经过严格的文化考试、专业考核、外语测试、身体检查，郭成森等 80 名青年军官最终当选。这 80 人当中，要有 1/4 的人留英，3/4 的人留美，如何分配才算公平呢？军委会决定"抓阄儿"，让他们自己去选择命运。结果，郭成森抓到了"英国"。和他抓到同样纸条的还有卢东阁、王显琼、黄廷鑫、林炳尧、牟秉钊、白树绵、姜瑜、葛敦华、熊德树、聂济桐、吴桂文、谢立和、邹坚、楚虞璋、汪济、王安人、周宏烈、吴家训、钱诗祺 19 人。于是，这 20 名赴英留学者，日后便成为第二次世界大战中参加大西洋海战的中国军人，他们也是中国历史上首批乘外国军舰参加世界海战的幸运儿！

1943 年 6 月，郭成森等 20 名留学生，在原福州海军学校训导主任周宪章的率领下，怀着报效祖国的一腔热血，从重庆出发，踏上了远涉重洋的征程。他们先由昆明搭乘运输机飞往印度加尔各达，又乘火车抵达孟买，接着，登上英国运输船，航经印度洋、苏伊士运河塞得港，穿越地中海和大西洋，经过 60 个昼夜的战时状态下的远航，于 1943 年 9 月抵达伦敦。

踏上舰船云集、海雾迷蒙的英国码头，一股为祖国解放和世界和平而战的壮烈之情涌上郭成森的心头，他和同舟共济的同学忘记了远航的疲劳，每人都朝着祖国的方向深情地敬了一个军礼！

奇妙的欢迎仪式。上校舰长幽默地说："我们一起出海去揍德国佬！"北冰洋鏖战中他第一回体验了实战的滋味

几天后，郭成森一行乘汽车赴格林威治海军学院军官班报到。该院为他们专设了一个"中国班"，但一切均按照英国皇家海军的传统要求进行训练。他们先在这里学习了航海、数学、船艺等基础科目，而后，被送往朴茨茅斯海军基地枪炮训练所，学习枪炮、鱼雷和通信专业。学习训练告一段落后，英国皇家海军根据战时需要，将他们派往各个战区，到现役大型军舰上实习参战。

郭成森和卢东阁被分配到英国皇家海军本土舰队，登上了威武的"肯特"号重巡洋舰。本土舰队驻于苏格兰群岛海军基地，舰队司令是弗雷泽尔海军上将，配属 2 艘战列舰，4 艘航空母舰，5 艘巡洋舰及十几艘驱逐舰和潜艇。"肯特"号是州郡级巡洋舰，标准排水量 8000 吨，装有 3 座 3 联装 266 毫米主炮和 4 座 133 毫米副炮，还装备了劳兰 A 定位仪、无线电测向仪、雷达以及刺猬式深水炸弹。

郭成森上舰那天，正是圣诞节的前夕，曾参加过第一次世界大战的上校舰长幽默地说："亲爱的年轻人，我们有个奇妙的欢迎仪式，"他挥了挥毛茸茸的拳头，"让我们一起出海去揍德国佬！"当即，舰长任命郭成森为少尉副值更官，指定他平时到驾驶台参加值更，战时则到舰首第二主炮塔作战。接着，又叫人把郭成森带到雷达官和书记官的舱室内休息。

当晚，随舰牧师作完祈祷，舰长便下令"起锚！"起锚机绞起长长的锚链，放入锚链舱，水手们用软管冲掉锚爪上的淤泥。主机舱内，车钟响起，两根主轴带动螺旋桨，推着"肯特"号庞大舰体徐徐驶离斯卡帕弗洛港。

郭成森登上露天驾驶台，和舰上的军官一样执行三更工作制，每次值更四小时。军舰向北冰洋航行，凛冽的寒风夹着雪花和水沫吹得他难以睁开双眼，海在咆哮，浪如山涌，风雪迷漫，海天混沌，什么也看不清。值更官告诉郭成森，现在，我们是随本土舰队"约克公爵"号战列舰特混编队出航，由弗雷泽尔上将亲自指挥。郭成森当时还不知道，此次出征，打响了震惊世界的围歼德舰"沙恩霍斯特"号大海战。

当时，北大西洋和北冰洋制海权的争夺战已进入白热化阶段。德军为切断美、英盟军向苏联运送军火物资的北方"生命线"，不惜孤注一掷，派遣驻挪威阿尔塔峡湾的唯一能出航作战的大型战舰——"沙恩霍斯特"号战列巡洋舰，出海截击盟军护航运输队。然而，英国皇家本土舰队早已严密监视着"沙恩霍斯特"号的一举一动，他们得到情报后，立即出动，从北大西洋驰援北冰洋，布下了罗网。

航行的第三天下午，"肯特"号拉响战斗警报。起初是"三级警报"，1/3 的舰员奔赴战位；接着是"二级警报"，1/2 的舰员上了战位，最后是"一级警报"，在急促的铃声中，全体人员进入战位。郭成森进入第二主炮塔时，远处已传来隆隆的炮声。北极隆冬，白昼只有二三个小时，即使中午，太阳也不会升出海平面，加上风雪浓雾的干扰，这场海战实际上是在黑夜中进行的。蓦地，远处海面升起一颗照明弹，一枚小降落伞悬浮于夜空，缓慢下落，耀眼的强光把周围的海域照得亮如白昼，德舰"沙恩霍斯特"号完全暴露在英国本土舰队密密层层的炮口之下，顿时，万炮轰鸣，无数道橘红色的火球，把波涛汹涌的海面染得姹紫嫣红。

郭成森亲眼目睹了这场海战的壮观场面，他对笔者说："大海就像开了锅一样，我的心也像开锅一样的沸腾，那情景真是难以用语言表达。"在这次海战中，"肯特"号主要执行后卫和增援任务，直到后来，主攻军舰把"沙恩霍斯特"号打哑揍瘫之后，才轮到"肯特"号冲上去，用266毫米的主炮猛轰一气，郭成森在见习副炮长的战位上第一次体验了实战的滋味。他说，英国人打仗忙而不乱，我们在半封闭式的炮塔内作战，和平时的训练差不多，只不过现在是真刀真枪地干，有点紧张罢了。谈到"沙恩霍斯特"号的沉没，郭成森说，由于这艘舰重达32000多吨，光用舰炮还难以将它击沉，打到晚上的时候，英国一群驱逐舰又围了上来，连续施放了50多枚鱼雷，至少有15枚命中，终于把这个庞然大物送入洋底。

"发现敌潜艇！""右满舵！"两枚鱼雷从"肯特"号左舷疾驰而过。两位中国军官被请进了舰长餐厅

郭成森告诉笔者，他参加的另一次难忘的海战，是轰击德国"梯尔比兹"号巨型战舰。

当"沙恩霍斯特"号被击沉于北冰洋之际，德国最后一艘巨舰——被称作"北方孤狼"的"梯尔比兹"号战列舰，正躲在挪威阿尔塔港内"养伤"（被英潜艇炸伤）。然而，英国皇家海军却没有忘记这个冤家对头，不待它"痊愈"，本土舰队就驶向挪威北部海域，向它发起了偷袭。1944年4月30日凌晨，从英国航空母舰上起飞的"剑鱼式"飞

机，一批又一批地飞临"梯尔比兹"号上空，数百枚 1600 磅的重型炸弹从天而降。顿时，水柱冲天，火光四起，"梯尔比兹"号上，钢铁和血肉到处横飞！这艘 4.1 万吨级的超型巨舰被炸得百孔千疮，瘫痪于港内，直到战争结束也未能修复。

在这场著名的海空战中，"肯特"号担负着为航母特混编队护航的任务。当时，德国潜艇采取"狼群"战术，经常偷袭盟军的舰艇和船只。因此，特混编队每隔一段时间就要转向一次，用"之"字运动来规避纳粹潜艇的暗算。在护航途中，郭成森亲眼所见，一艘英国的航空母舰被德潜艇发射的鱼雷命中，飞行甲板上浓烟弥漫，腾起冲天大火，水手们奋力扑救，才使这艘航母幸免于沉没的噩运。就在英国海军忙乱之际，"肯特"号也遭到了德国潜艇的暗算。

"右舷，发现敌潜艇！"担任副值更官的郭成森眼明手快，当他观察到潜望镜的一瞬间，立即报告，并迅速按响警铃。

"右满舵！"经验丰富的舰长迅即指挥军舰规避，"肯特"号大旋回之际，就见两条鱼雷航迹从它左侧疾驰而过，几乎擦着舷边！郭成森倒抽一口凉气："好险啊！"

"肯特"号立即实施反潜攻击，一批又一批刺猬式深水炸弹几乎把大海炸了个底朝天，好一阵"翻江倒海"之后，海面上漂浮起一些衣物和油迹，这说明，敌潜艇已被摧毁。

"肯特"号完成任务返航时，郭成森和卢东阁被请到舰长餐厅与舰长共进晚餐。这是舰长对作战有功军官给予的一种奖励和荣誉。席间，他询问了两位中国军官的参战感受，郭成森回答："这是一次千载难逢的机会，也是一次终生难忘的锻炼，我们一定要把所学的本领，用于将来的中国海军建设！""Verygood！"舰长高兴地举起酒杯说："愿大西洋的战火把你们炼就成钢，祝中国海军早日强大！"

诺曼底大战。20 名中国海军军官全部参加了海上作战，无一伤亡

据郭成森介绍，英国皇家海军即使在战争期间，也十分讲究劳逸结合。在母港驻防的时候，每天下午，军舰要放一次小艇，让 1/3 的舰员上岸休假，如此轮换，平均每名官兵一周可有两个下午和晚上登岸娱乐，或看电影、逛街，或喝酒、跳舞。逢周末，岸上的"家属委员会"还安排未成家的青年军人，到市民家中去共度周末。

郭成森年轻时爱好体育活动，篮球、足球、排球、乒乓球和台球无所不会，而且还常常能胜英国人。他每月可从伦敦的中国银行中领到中国政府所发的 30 英镑工资，这相当于一个英国少尉的月薪，每月扣除舰上的伙食费后，还有不少的零花钱。可是，1944 年 5 月之后，约有半年的时间，"肯特"号巡洋舰几乎没有靠岸和放假，它一直游弋在大西洋上。因为这期间，著名的诺曼底战役打响了，"肯特"号担负着紧张的护航和警戒任务。

诺曼底战役被称作世界史上规模最大的登陆作战。从 1944 年 6 月 6 日至 7 月 18 日，在持续 43 天的激战中，英美盟军参战的总兵力约 280 万人，投入 37 个步兵师，出动了 13700 余架飞机，动用各型舰艇 9000 余艘，一举攻克了德军苦心经营的"大西洋壁垒"，击溃德军两个集团军群、4 个集团军、58 个师。此役的胜利，使盟军成功地开辟了第二战场，加速了德军末日的来临。在这场空前规模的大决战中，郭成森等赴英留学的 20 名中国海军军官，全部参加了海上作战，无一伤亡。

郭成森感慨地说，在这次世界性的三军协同作战中，英国海军发挥了至关重要的保障作用，仅在战役打响的第一天，海军舰炮就发射了 2 万余发炮弹，并有 4000 多艘登陆舰艇抢滩登陆。20 名参战的中国海军

军官，有的在巡洋舰和驱逐舰上，也有的在战列舰上，还有的在航空母舰上，分别担任着主攻任务和掩护任务。

在诺曼底战役之前和之后，"肯特"号还成功地完成了护送丘吉尔首相参加雅尔塔会议，对挪威北部海区实施布雷封锁作战以及击沉德国一艘大型救生船和四艘运输船等任务，它的航迹遍及大西洋。

结束在皇家海军两年零八个月的服役。国民党海军司令要他"好生为党国效力"，他却毅然参加人民海军，成为"南昌"舰首任舰长

1945 年 5 月 2 日，苏军攻克柏林，8 日，德国无条件投降。当时，英国的大街小巷到处挤满了狂欢的人群。郭成森等人也穿着中国海军的平呢制军服，夹杂于不同肤色的载歌载舞的人流之中。不久前，他们已从舰上返回岸上，恢复了海军学校的生活，被安插在英国海军学员的各个专业班中，每人都轮流将皇家海军的各门专业课"精加工"了一遍。这时，他们已成为既有专业理论，又有实战经验的海军军官了。

不久，第二次世界大战胜利结束，留英的 20 名中国海军军官又各奔东西。郭成森乘上 5000 吨级新型轻巡洋舰，穿越地中海和大西洋，经南洋诸岛、香港，于 1946 年 5 月返回中国上海。至此，他圆满结束了在英国皇家海军为期 2 年零 8 个月的学习参战任务。

郭成森归国后，先后担任了国民党海军中央训练团军官训练队队长和国民党海军部旗舰——"长治"号代理少校副舰长等职务。国民党海军司令桂永清曾亲自找他谈话，要他"好生为党国效力"，以示拉拢，但郭成森却看清了国民党的穷途末路，不买他的账。这期间，他已与共产党驻上海的地下组织取得了联系，并利用师生情谊和上下级关系，团结发展了一批青年军官和士兵，成为发动起义的骨干力量。上海解放前

后，在郭成森的策动和影响下，国民党"永兴"号和"长治"号军舰先后举行了起义。

新中国成立前夕，根据华东海军司令员兼政委张爱萍的意见，郭成森被任命为"长治"舰代理舰长，并被发展为中共预备党员，成为原海军人员中第一批入党的舰长。1950 年 4 月，人民海军第六舰队成立，"长治"号更名为"南昌"号，郭成森被任命为"南昌"舰第一任舰长，参加了东南沿海的多次海战。以后又调任海军司令部代理航海业务长、海军大连舰艇学院教官，为新中国的海军建设作出了自己的贡献。

于凤至在纽约定居的日子里

————

窦应泰

于凤至，字翔舟，1897 年出生于吉林怀德。1905 年与张学良结缡于辽源县（今双辽）古镇郑家屯。1940 年她因患癌症离开张学良在湖南的幽禁地，前往美国纽约郊区的哈克尼斯教会医院求医。1990 年春天，这位东北才女以 93 岁高龄病殁于美国洛杉矶。其间，她在美国生活了 50 个春秋。本文所记述的是于凤至女士自 1940 年抵美治病至 1961 年迁往旧金山的生活片断，她 50 年的旅美生涯中在纽约就整整生活了 20 年。这 20 年也正是于凤至大半生海外漂泊生活中最为艰难的岁月。

英国卸任武官拒绝交出三个子女监护人的权力

于凤至到美国后，她在国内被贵阳某陆军医院宣判为死刑的乳癌，在哈克尼斯教会医院经过三次手术后居然得以起死回生。1943 年于凤至的病情进入稳定期，在接受化疗期间，她最大的愿望就是尽快将在英国伦敦求学的二子一女接到美国来。在她日夜为三个孩子迁居美国焦虑的时候，得到了三位美国飞行员（当年在中国为张学良开专机的驾驶员）白尔、赖顿和雷纳的无私援助。

白尔、赖顿和雷纳是在去医院探望于凤至时了解到三个孩子寄居伦敦不得与母亲团聚的。他们离开哈克尼斯医院后，没有辜负于凤至所托，当即着手给三个中国孩子办理赴美留学事宜。在这件事上，白尔作为有现任官职在身的人，起到了与移民局联络的作用。移民局的朋友从白尔口中了解到张学良与西安事变，都表示了极大的同情。所以，有关张闾瑛和张闾蓁、张闾季姐弟三人的入境护照，几乎没费什么周折就迎刃而解了。剩下来的事情是，必须马上派人到伦敦去。

此事经三位飞行员协议，就由雷纳主动承担了。这位在纽约做生意的大亨，正想前往英国谈石油生意，他决定顺路去伦敦面见张闾瑛姐弟，协商转学美国的事宜。赖顿则表示他在加州负责联系三个孩子入学的学校。白尔作为这件事情的主要策划人，坐镇纽约负责与赖顿、雷纳的沟通联络。

当1942年严冬即将来临的时候，三个热心肠的美国退役军人已在纽约和伦敦两地开始了紧张忙碌的奔波。于凤至忧虑多年的团聚之事已有眉目了。可是就在这时，意想不到的事情竟在伦敦发生了，这使得本来很顺利的转学问题忽然停滞下来。

原来，雷纳按照和白尔、赖顿计议的步骤准时行动，于1942年12月2日黎明飞抵战时的伦敦。他按于凤至提供的地址，找到伦敦一条名叫伊凡雷蒂的大街。在这里雷纳见了于凤至急于寻找的人，他就是张学良在北平结识的英国驻华使馆的武官培汉·桑希尔上校，他是于凤至三个子女在伦敦的监护人。雷纳将于凤至的亲笔信递上，说明原委之后，却遭到培汉冷漠的拒绝。

于凤至在哈克尼斯教会医院度日如年。她心情不好，并非因为病况不稳定，而是雷纳不断将在英国和培汉交涉不顺的消息送进来。培汉毕竟是张学良的朋友，他终究代替自己保护三个孩子熬过了一段无人照料的时期。现在培汉认为他的监护人身份仍旧有效，他不希望在张闾瑛即将高中毕业的时候，让自己的监护职责半途而废。他坚持不让三个孩子回到母亲身边，也有一定的道理。尽管如此，于凤至仍然希望亲自去英国面见培汉进行交涉，可是，那时的于凤至还不能离开医院远行。

与二子一女重逢在陌生的异国

1943 年秋天，一位身穿白色西装的美国官员，悄然飞临仍处于欧战烽火中的古老城市伦敦，他就是张学良从前的飞行驾驶员温伯格·白尔。一年前，为让于凤至三个孩子从这座笼罩"二战"硝烟烈火的欧洲古城移居美国，雷纳曾衔命前来，准备尽早将张闾瑛和她的两个胞弟顺利带到于凤至身边。可是，白尔万没想到雷纳在伦敦遇上了不通情理的英国卸任外交官培汉。

那一次，雷纳和培汉在三个孩子是否可去美国与母亲团聚一事上发生了激烈的争吵。培汉固执地认为，如若同意雷纳的意见，让他带走三个中国孩子，就意味着他淡忘了与张学良当年的旧情。更让白尔和赖顿为之愤慨的是，就是这个自称忠实于张学良的家伙，在张闾瑛等三个孩子在英国留学期间，实际上整天在伦敦的宅子里酗酒，很少过问孩子们的生活与学习，特别是战事加紧，敌机轰炸频扔的时候更是如此。

白尔和赖顿在美国早已为三个孩子到纽约州落户就读作好了一切准备。可是当他们从怒咻咻由伦敦飞回来的雷纳口中得知培汉如此不通情理时，他们都气得愤然怒骂。然而，这一切都对三个孩子早日移居美国无济于事。直到次年秋天，白尔总算得到了一个前往英伦出差的机会，这个看来十分棘手的事情，方才有了可喜的转机。

　　绝不仅仅因为这个飞行员出身的美国人白尔有着杰出外交官的办事能力，也不完全因为他善于应酬各种性格古怪的人物。真正促使固执又居功自重的培汉·桑希尔对三个中国孩子去美国采取妥协的原因是，在白尔飞临英伦的时候，那里恰好发生了一桩让培汉大为难堪的事情！那就是在战争中受惊吓精神失常的张闾季，因为无人看管而失踪了。当白尔找到住在伦敦郊外一座破房子里的张学良长女闾瑛时，才知道闾季失踪了一天一夜了。

　　白尔来到伦敦以后，从张闾瑛那欲说还止的谈话里，了解到英国外交官培汉监护三个孩子的情况。最初几年，他对这寄人篱下的姐弟三人确也给予过无私的照顾。可是后来由于于凤至回国的时间越来越久，期许她归来照顾孩子的希望几近渺茫。所以，培汉变得越来越烦躁。到最后他甚至把三个尚未完成学业的中国孩子，从他在泰晤士河北岸的乡村别墅巧妙地赶到另一间破陋的民舍里去，理由是他的别墅要出租他人。同时，对三个孩子求学的供给也日渐减少。

　　闾季精神失常后，经过一年的医治略有好转。后来又上了学，可是每天放学姐姐必须前去接他回家。一年来，也从未发生过任何意外事故。张闾瑛没想到这天傍晚，当她来到爱尔玛尔乐大街上的教会学校时，居然发现二弟早就独自出了校门。那时恰好是下午 6 点 10 分，距她每天来到这里的时间晚了 20 分钟左右，因为她急于去图书馆找一本英文书。张闾瑛第二天大清早就和大弟闾纛两人进城去，到处寻找失踪的二弟闾季，可是找到了中午时分也一无所获。她回到河北岸的农舍时，见草房里空无一人，当初以为二弟会自己找回家里的希冀也随之破灭了。就在张闾瑛独自饮泣的时候，白尔竟然不请自来地从天而降了。

　　当培汉听说美国人白尔求见，并且从白尔的口中得知昨天那个失踪的孩子，已由张闾瑛姐弟从即将开赴非洲的一艘货船上找回来的消息时，从前一贯对美国人冷若冰霜的培汉，忽然变得满面羞愧。他一屁股跌坐在客厅的大沙发上，一时无言以对。在这种情况下，培汉只得同意三个中国孩子去美国求学，但是他仍然固执地坚持，如果三个孩子一定要去美国，必须由他亲自交给于凤至。

1944 年春天的一个上午，当培汉亲自护送三个孩子来到美国纽约的郊外医院时，他面对着于凤至和三个孩子相拥痛哭的场面感到万分难堪。

在经济最拮据的时候找到了伊雅格

1946 年秋天，于凤至的乳癌出人意料地痊愈了。她出院后就住在哈德逊河畔的一幢小洋房里。那是张学良从前在北平结识的美国友人詹森的住所。1950 年春天，詹森和他的妻子莉娜忽然从华盛顿回到了纽约。此前詹森和莉娜伉俪始终在罗斯福和杜鲁门总统的麾下充任着要职。詹森曾在中国任过驻北平公使，了解中国政坛的内情，还曾经任过杜鲁门的外交特别助理。至于对亚洲情况了若指掌的莉娜夫人多年一直就任白宫秘书。两人都是白宫里的活跃人物，可是现在他们为什么忽然垂头丧气地回到纽约呢？于凤至在美国治病十年间，得到了詹森和夫人莉娜无微不至的关怀。如今她没想到自己所依赖的詹森、莉娜，居然会突然遭到了麦卡锡主义者的沉重打击，从白宫辞官而归了。于凤至感到自己背后的一座山忽然倾倒了！

1954 年美国经济走向战后最萧条的低谷，于凤至的经济状况也呈现出窘况。当年她从国内带往美国的一笔资财，由于十多年在美国治病与抚养儿女，早就所剩无几。加之孩子们来美上学后费用日增，所以她手中的生活费已到了捉襟见肘的地步。也就在这一年春天，她二儿子闾季的精神分裂症变得越来越沉重了。学业对于这个苦命的孩子来说早已是额外的负担。间季早就无法承受听课的重负，而他的教师们也对这神志不清的中国留学生无可奈何。最严重的时候，张间季甚至在课堂上歇斯底里般地大哭。由于他神志受到严重的伤害，到这一年 5 月，学校不得不向间季的家长寄送了劝其退学的通知。

于凤至含泪面对严酷的现实。疯疯癫癫的二儿子是因为可怕的战争才患上了顽固的疾病。她只好将休了学的儿子间季送进距纽约不远的"玛丽亚精神病疗养院"，这是一家英国人开的医院，自从将间季送进这家全封闭的医院诊治以后，于凤至每天都在为支付医院那笔昂贵的医疗费到处奔波。她不忍向同样处在厄运中的詹森夫妇再伸出求救之手。她必须另想一条生活的出路才行，于凤至没有想到在美国会陷入了经济困窘的绝境。

1954 年 6 月的一天，于凤至乘一架从纽约起飞的客机飞往英国的伦敦。她很快就找到了索河区的牛津街，就在这条街道的深处，有一幢米黄色小型楼房。1937 年 9 月她曾经来到小楼里拜见过一位英国友人，他的名字叫伊雅格。

伊雅格，英格兰人，早在 1923 年于凤至就在沈阳认识了他。那时，伊雅格在她公公张作霖麾下的京奉铁路局任一个小小的稽查官。本来像伊雅格这样的下级官员，是无法走进沈阳大南门张氏帅府的。可是由于那时伊雅格性情好动，喜欢打高尔夫球和网球，而张学良也有相同的爱好。所以伊雅格就与少帅在北陵娱乐园里意外地相识了。尤其是 1925 年张学良支持远东运动会在东北举行，伊雅格在那次运动会上和张学良共同成为高尔夫球的冠亚军，所以，伊雅格才渐渐成为张学良倚重的朋友。

1930 年张学良在东北易帜并前往北平驻节，伊雅格先期回国。那时的伊雅格早已成了一个富翁。他回英国定居后，主要是代张学良在欧洲经营着军火生意，可以称得上是张氏家族最倚重的外国朋友。现在，当于凤至忽然从美国找上门来的时候，伊雅格既感到突然也感到高兴。因为他离开中国以后，始终都在关注着张学良的动静，特别希望有一天能与那个失去自由的老上司取得联系。

于凤至知道早年在京奉铁路任职的伊雅格，在1925年郭松龄反奉之前，就改任了张学良的私人顾问。所谓的顾问，就是张学良在联络英国军事家和为东北军购买军火时的主要参谋。

直到1933年张学良下野，伊雅格始终都在英国处理奉军购买武器的善后事宜。所以，于凤至知道伊雅格这里必定还存有张学良的私人军款。她来英国的目的是想向伊雅格暂借一些钱用，以解燃眉之急。可是她作为张学良的夫人，开口向从前她们家的一个雇员借钱，却无论如何也难以启口。

伊雅格发现于凤至衣服单薄，立刻就主动表示要给她一笔钱："夫人，不管您现在有没有困难，我都要向您支付一笔钱的。也许夫人还不知道，早在西安事变发生以前，我在这里就一直有一笔钱没有办法转交给汉卿先生。"

于凤至简直不敢相信自己的耳朵。伊雅格显然为自己在事过多年后的漫长时间里，不能主动出面寻找于凤至而感到不安。他告诉于凤至说：这笔款子，就是当年他在代替东北军向托拉斯维克思公司协调购买军火的时候，积存下来的一笔盈余，虽然他再也见不到张学良，可是这笔款子他却始终存在账上。现在于凤至来到英国，他认为这笔钱已经到了该归还张家的时候了！

他又说出一件于凤至根本不知道的事情：1933年张学良去意大利考察军事的时候，曾经亲自到伦敦来看望伊雅格。那时候张学良将一笔私人款子让伊雅格代他暂行代存。这些钱现在伊雅格分文未动，都原封不动地存在伦敦渣打银行里。当时张学良再三关照伊雅格说，将来几个孩子要在英国读书。那时候如果他们的花费出了问题，就可以动用这些款子。现在，是应该归还的时候了。伊雅格说："夫人，我看得出来，您和三个孩子在美国的生活一定并不宽裕。既然如此，就请将汉卿存在我这里的所有钱款，都一并转到美国去好了！"

于凤至那时非常需要钱，她可以从伊雅格手里拿走当年张学良存在他手里的那笔私款，至于购买武器的余款她还是坚持不肯收。但是伊雅格却坚持己见，一定要求于将所有存款一次带走。于凤至还想继续推却，可是伊雅格却断然将一张英国渣打银行的支票郑重地交给了于凤至："收下吧夫人，这是你应该得到的。就算是蒋介石给你们的一笔精神损失费吧……"于凤至见伊雅格说得头头是道，而且她想起蒋氏对丈夫多年的羁押迫害和她家庭的生计困窘，只好将那张渣打银行的支票收下了。

在华尔街证券交易所学会了炒股

她从英国返回纽约以后，生活不再像从前那样困窘。她用伊雅格给她的那笔钱，首先在长岛购买了一所房子。自从 1940 年她飞到这座东部城市治病以来，一家人始终没有住所。即便美国友人詹森、莉娜伉俪始终提供住房，可是于凤至总希望有个属于自己的安居之地。为实现多年的梦想，她将那笔钱中的一部分用于购房，另一部分用于给二儿子闾季治病和供养女儿闾瑛及长子闾慕的学业。尽管如此，仍旧有一点剩余的钱被于凤至存在纽约一家银行里。她知道至少在目前，自己和孩子与张学良团聚是根本不可能的事情。既然他们要继续生活在美国，就必须保持着精打细算的度日原则。在这时候，詹森的夫人莉娜建议于凤至将余款拿出来炒股。

　　莉娜的话对于凤至震动很大，让她不能不面对现实。她知道在蒋介石统治台湾期间，张学良在短时期想获得自由几乎是不可能的。既然如此，她认为莉娜夫人的炒股主张不无道理。她认为自己从现在起必须有独立生活的准备，如果长期在美国生活，就必须解决长期生活的资金。

　　早在十几年前她刚来到纽约治病的时候，詹森和莉娜夫妇就曾经带着她逛了一回华尔街证券市场。她记得那时莉娜夫人就曾以开玩笑的口吻向于凤至提起炒股票的事情，当场被她婉言谢绝了。对于凤至这种出身于中国东北第一大家族的妇人来说，炒股票永远都是和她不沾边的事情。

　　然而现在境况毕竟大不相同了，于凤至必须面对严峻的生活现实，一个无依无靠的女人在美国带着三个尚不能独立生活的孩子，稍有不慎她就会跌进饥饿与穷困潦倒的深渊中去。更何况现在连莉娜这样曾在白宫任过要职的贵妇人也投身股海，她又何须如此过分看重自己的身份呢？于凤至想到这里，不再以敌意的眼光来看莉娜夫人，但她仍对炒股是否真能致富感到茫然。

　　莉娜开导于凤至："炒股当然需要智慧。在这个世界上任何一种职业或生意，离开人的智慧都会一事无成。有的人可以在股海里侥幸成为富翁，也有人一夜之间就沦为穷光蛋。我相信夫人的智慧，如若将您的智慧用到炒股上来，我相信您绝不会逊色于我。"于凤至的心显然早就被莉娜的话打动了，但是让她马上就同意下海炒股，也不是件轻而易举的事情。

　　在1954年整整一个冬天，于凤至在长岛的家里始终在思考着莉娜对她的劝告。她从理念上一时无法接受下海炒股这样的严峻现实，可是独处异域的于凤至想到了"坐吃山空"这句话，就感到后背泛起了一股寒意。她知道遇上英国士绅伊雅格那只是一个意外的幸运。任何一位旧友再也不会像伊雅格那样无私地将属于他们张家的存款，毫无保留地悉数交还给她。虽然由于有伊雅格的资助之款，现在她吃穿不愁，可是钱总有花尽的那一天，如果自己始终没有其他的来钱之路，那么后果简直不堪设想。想到从此自己也成为华尔街证券交易所那攒动人群里的一员，为着抢来某种可以一刹间让手中股票暴富成美钞的机缘，就可以不顾身份地拼命在那弥漫着呛人烟味的大厅里挣扎，于凤至当时的思想斗争很激烈。

1955 年春天的一个清晨，于凤至终于拨通了位于哈得逊河畔那幢小楼里的电话。她爽快地告诉电话另一边的莉娜：我想好了！既然命运把咱们姐妹都推向绝境，那么又何必胆胆怯怯呢？

于凤至自此以炒股票维生，在纽约几年间赚了笔可供一家人生活的资财。直到 1960 年她的长女张闾瑛与陶鹏飞教授结婚，并双双转到旧金山任教，于凤至才结束了在纽约边治病边炒股的生活。1961 年她随女儿女婿去西部旧金山"多树城"定居后，仍然没有中止她越来越有兴趣的炒股生涯。这种兴趣一直到她晚年移居洛杉矶好莱坞山顶豪宅居住时，才逐渐转向了陌生的房地产生意。由于于凤至在洛杉矶做成了几笔房地产生意，她在晚年成了洛杉矶有名的中国富婆。于凤至在去世前曾对去美国拜访她的东北家乡人说："我在美国炒股和做些房地产生意，并不完全是为了赚钱，更不是想当个富婆。我只是想自己自食其力地生活，特别是作为华人，在这里必须要学会一种生存的本领。我想以自己的生存能力，让美国人知道我们华人，无论是智商还是志气，都绝不比他们低，如此而已！"

向中国女排赠万金的人

——记旅日爱国华侨蔡世金

胡鲍淇 口述　毛文 整理

1981 年 11 月，当中国女排到达日本，参加第三届世界杯女排锦标赛时，寒潮突然提前袭击日本，而我国女排运动员却没带寒衣。此时，一位华侨老人着人连夜赶制了一批厚绒毛夹克衫送给了中国女排。当中国女排七战七捷，夺得冠军后，他又设宴犒劳。

1983 年，中国女排在日本福冈市举行的亚洲女排锦标赛上失利受挫，未能夺魁。这位华侨老人，竟难过地失声痛哭。然而，比赛结束后，这位老人仍为女排举行了盛宴。在宴会上，袁伟民教练在致辞时因难过而说不下去，此时，老人却语重心长地激励大家说："还有八个月（指距第 23 届奥运会），要卧薪尝胆！"这掷地有声的十个字，使大家信心倍增。

事隔不久，1984 年 8 月 21 日晚，当中国女排不负众望，在第 23 届奥运会上夺得冠军凯旋时，老人专程赶到北京，自己出钱，为夺得"三连冠"的中国女排及所有在本届奥运会上夺得奖牌的中国运动员、教练员庆功发奖。

自 1977 年起，这位老人就与中国女排结下了深厚情谊。每当中国女排到日本访问和比赛时，他都热情款待，对中国女排参加的比赛，他更是牵挂在心，每次总要坐在电视机前观看。当有人问这位老人为什么这么喜欢中国女排时，他感慨地说："我早年因生活无着而漂泊海外，当时祖国满目疮痍，任人宰割。侨胞在国外也直不起腰杆。多少年来，我们总盼望着祖国能一天天强大起来，中国女排用她们的行动向全世界证明了：中国不仅能够，而且已经逐渐强大起来。我喜欢女排，就是喜欢这个。"

为了帮助祖国发展排球运动，这位素与体育运动无缘的老人，却与排球结下了不解之缘，他一次就向国家体委捐赠了 2500 万日元（合人民币 20 万元），作为中国排球运动的发展基金，同时，老人还向海外华侨倡议，集资在北京兴建一所体育大学。这位老人就是旅日爱国侨胞蔡世金先生。

漂泊扶桑　白手起家

蔡世金先生，生于 1912 年，祖籍江苏无锡玉祁镇。自幼家境贫寒，无钱读书，13 岁时为生活所迫，背井离乡到上海学艺。一度曾在上海街头流浪。后在上海法租界当厨师，不得意，又辗转到天津。20 世纪 30 年代，只身漂泊到日本，仍然当厨师。他烧得一手好菜，经他手做出来的菜肴，色、香、味俱全，吸引了许多日本宾客。后来，蔡先生开了一间菜馆，专营中国菜。他每天起早摸黑，兢兢业业地干。

那时，蔡先生每天手里拿的是菜铲子，但心里想的是祖国的前途。他亲眼目睹了帝国主义列强对中国的侵略，亡国之祸，使他感到万分痛心。他暗下决心，有朝一日，一定要为祖国的强盛贡献自己的一份力量。

身陷囹圄　幸免大难

1937 年，七七事变爆发，中国山河破碎，烽火遍地。人民陷入水深火热之中。

此时，日本法西斯也掀起了镇压华侨的浪潮。日本当局对华侨进行了严密的监视：非法检查邮件、窃听电话，大批便衣侦探出入各公共场所。旅日华侨中，稍有对日本侵华表示不满的言行，马上就会遭到宪兵的秘密逮捕。许多人被捕后就一去不复返。蔡世金此时也不能幸免。他先后数次坐牢，受到严刑拷打，最后一次被捕时，被加上莫须有的罪名，随时都可能遭到杀身之祸。

就在蔡世金身遭缧绁，生死未卜之时，却遇到了一位救命人。此人就是汪精卫伪政府驻日大使馆官员蔡某。蔡某也是无锡人，早年毕业于日本早稻田大学，许多日本政界人士都是他的同学。蔡某虽身为汪伪官员，但他良知未泯。当他获悉有许多侨胞被关押时，便尽力与日方交涉，千方百计营救。蔡世金就是在蔡某的担保下才获释出狱的。

蔡世金被蔡某保释出狱后，因一时找不到工作，只好到处流浪。蔡某又安排他在驻日使馆内当厨师。为了避免日本人的怀疑，蔡某便与蔡世金认为同宗。

1945 年 4 月，日本败局已定。蔡某也将辞职回国。分别前夕，蔡某把囊中所有钞票悉数赠与蔡世金。他说："我走上了错路，参加了汪伪政权，在政治上失足，愧对祖国和人民。晚年失节，内疚不已。你还年轻，希望你珍重前途。你是有手艺的人，将来一定能大器晚成。但不管怎样，都要以爱国爱乡为重。要为祖国做些好事。"临行时，蔡某一再叮嘱蔡世金："千万不要忘记无锡，要先从故乡做起。"最后两人挥泪而别。

"三鼠"结义 经商致富

战后的日本,民生凋敝,百废待兴。蔡世金靠当厨师已经难以维持生活,便改行经商。当时许多人都去做生意,可是蚀本的多。蔡世金却看准了无人问津的地产生意,充当起掮客的角色,搞买进卖出。在生意中逐渐结识了两位知己朋友。一位叫邵益之,是一位能言善辩的律师;另一位叫章英明,是一位商人,素有多面手之称。三人来了个"桃园结义",拜为兄弟。他们三人密切合作,在日本东京这个冒险家的乐园里,利用社会关系广、信息灵通等有利条件,大量买入土地,生意越做越大。不论哪一个国籍的侨民,想在东京买一块土地,非找蔡世金不可。蔡世金逐渐成为一名旅居日本的企业家。因他们三人皆属鼠,日本东京工商界中竞争不过他们的人士,就不无妒意地给他们取了个"东京三亨鼠"的诨号。

爱国爱乡　造福桑梓

新中国成立后,蔡世金多次回国探亲。他看到祖国起了翻天覆地的变化,感到由衷的高兴。尤其是他的家乡无锡的巨大变化,给他留下了深刻的印象。他牢记老友"先从故乡做起"的嘱咐,决心为故乡的社会主义建设,贡献自己的力量。

为了帮助故乡玉祁镇发展教育事业,他多年来向玉祁中学捐赠了大量的资金和教学器材。仅第一次就捐助了人民币 30 万元,使简陋的农村中学盖起了教学大楼。他还在玉祁中学设立了奖学金,并将他与中国女排的合影照片寄到玉祁中学,以中国女排"为了祖国的荣誉而拼搏"的精神勉励全校师生。

为了促进故乡的农业科学技术发展，他捐款为无锡县修建了一所农科大楼。

他一贯主张培养人才要从儿童做起，不能马虎。为此，他曾捐助人民币5万元帮助无锡市幼儿园修缮房舍，改善设备。后该幼儿园在"文革"中遭到严重破坏，蔡世金又捐助人民币2万元重新修茸一新。现该幼儿园取名"侨谊"，他被聘请为无锡市"侨谊"幼儿园名誉园长。

此外，江苏省旅游学校、宜兴旅游学校、常州欧里小学、无锡太湖宾馆、无锡太湖饭店等单位，都得到过他的慷慨捐赠。

为了帮助故乡旅游事业的发展，蔡世金还向江苏省人民政府正式提交了一份意见书。他主张省办的旅游学校不应只停留在"中专"水平上，而应发展为具有大专水平的旅游专科学校。他认为旅游事业是一项"本钱最少、见效最快"的产业，江苏省应大力发展这一"无烟工业"。

1977年夏，蔡世金回家乡无锡探亲。一天，在莫家港偶然遇见一个14岁的小女孩，名叫诸琴芳，她父亲因公受伤，双目失明，再无力供她上学，小琴芳只得中途辍学，从常州乡下转到无锡找工作。蔡世金一看这孩子天资聪颖，便解囊相助，供诸琴芳继续上学。他感慨地说："我没念过书，是个大老粗，资助一个失学的女孩也是应该的。"

三年后，1980年，蔡世金又回到家乡。他很关心诸琴芳的成长。当他看到诸琴芳的学习成绩优良时，非常高兴。他亲自到无锡市人民政府外事处，提出请求，希望把诸琴芳安排到旅游学校学习，一切费用由他承担。后来，诸琴芳从旅游学校毕业，被分配到无锡市湖滨饭店工作，蔡世金在会面时勉励她说："你一定要加倍努力工作，不要仅仅满足于八小时，要树立对工作的高度负责态度。你年纪还小，应当在工作中好好学习，要认真学好经营管理的方式方法。还要努力学习外语。应当努力使自己成为对国家有用的专门人才。"拳拳之心，溢于言表，倾注了一位老华侨对祖国未来的深切希望。

直言无私　一片丹心

　　蔡世金在造福桑梓的同时，也在关心着祖国的整个社会主义建设。他的眼光集中在人才问题上。他认为，对人才一是要培养，二是要珍惜。他说："日本的高中毕业生有将近40％的人上大学或专科学校，我们国家这么大，大学这么少，教授、博士、学士也这么少，怎么能适应四个现代化的需要呢？"所以，他认为应该加强对祖国下一代的"智力投资"。在谈到珍惜人才问题时，他举了这样一个例子："我有一个朋友的儿子，是南京工学院毕业的。40多岁了，学了本事得不到重用，三年前办了出境手续到香港去了。在那边一家工厂里当技术人员。不久前我在香港见到他时，他很高兴地告诉我，由于他在工作中埋头苦干，作出了不少成绩，得到了老板的赏识，已经升为厂长了。像这样的人才，国内不重用，香港的资本家倒赏识重用了，难道不值得深思吗？"蔡世金认为，培养人才不容易，国内应该珍惜人才，人事制度和工资制度的改革要抓紧，一定要重用有才能、懂经济的人才。光用一些"活菩萨"（无锡俗话，指没有本领，只知唯唯诺诺的人）是搞不成四个现代化的。

　　蔡世金在海外多年，深知科学文化知识的重要。他认为，祖国要实现四个现代化，一定要借鉴国外一切有用的先进科学文化知识。在蔡世金的提议和赞助下，专门编辑出版翻译丛书的文汇出版社于1985年5月15日在上海成立。蔡世金在发给该社的贺电中说："此事是我多年的愿望。希望国内外专家和翻译家以及广大读者能给予支持和爱护，使文汇出版社成为具有特色的翻译出版国外有益书籍的园地。"

　　蔡世金认为，中国经济落后的一个重要原因是吃了人口太多的大亏。他呼吁中国的知识界，要以马寅初先生那样的追求真理、坚持真理的精神以及可敬的骨气，继续研究中国的人口问题。为此，他捐赠了20000元人民币给中国社会科学院，作为研究我国人口问题的基金。并表示如款项不够，每年还可多尽一点力。

1981年，祖国的河北、湖北等地发生灾情。蔡世金马上捐款救济灾民。他来信说："我侨居日本已将近50年了。今年已是70岁的人了。我已别无所求，能为祖国的现代化和日中友好尽微薄之力，是我最大的快乐！"这些话表达了这位爱国侨胞对祖国的一片赤诚之心。

王任叔及其《五祖庙》

徐安如

　　"五祖庙"的故事，是流传在印尼苏门答腊岛北部东海岸一带的故事。它和 1740 年荷兰殖民者在爪哇巴达维亚（现改为雅加达）附近一条小河上屠杀华侨的"红河之役"一样，是华侨反帝斗争悲惨而又壮烈的历史事件。

　　1946 年年初，因新加坡沦陷而流亡到苏门答腊的我国著名文学家王任叔（巴人），这时正住在棉兰。他根据这个历史故事，并参考了印尼文的有关史书《日里今昔》，写成一个剧本《五祖庙》，供当地华侨青年所组成的"新中国剧艺社"演出。该剧在苏岛北部各地巡回演出后，受到了当地印尼人民和华侨们的热烈欢迎，对促进华侨同印尼人民的友好团结，并支持印尼人民的反帝斗争，取得很好的效果。

"五祖庙"的故事

　　在苏北首府棉兰郊外，从棉兰通往民礼的大路旁有一座小庙，当地华侨叫它"五祖庙"，也有人称它为"五兄弟庙"。过去，每逢"五祖"忌辰，住在这一带的华侨，都到这里烧香拜祭。小庙里香烟缭绕，人声喧闹，是当地的一件盛事。

这座庙虽然不大，但它却记载着一段在荷兰殖民统治印尼时期，被诱骗到这里来从事苦力劳动的"猪仔"（契约华工）的悲惨血泪史。

大约在距今约百多年前的我国清末时期，当时的印尼是荷兰帝国主义的殖民地。整个印尼，被称为荷属东印度。苏门答腊岛东北部的棉兰附近一带，称为日里，是土王苏丹的领地。该地是一块肥沃的大平原，适于耕作种植。荷兰的资本家看中了这片土地，便向苏丹强租硬占，利用当地的廉价劳动力（其中大部分是从中国诱骗来的贫苦农民），开辟烟园，种植烟草。烟草收割后，运回荷兰，经过加工制成卷烟和雪茄，然后再运回东南亚各地销售，获取暴利。

烟园要大量种植烟草，就需要有大批的劳动力。荷兰资本家除了雇用一小部分当地的贫苦农民外，主要雇用从中国东南沿海的广东和福建等地诱骗来的"契约华工"。因为华工既擅长耕作种植，又能吃苦耐劳，而且他们远离祖国，更便于压迫剥削。这些华工，多数来自广东的潮汕和海陆丰等地区，他们都是无地少地的贫苦农民。由于当时我国在封建地主的剥削下，农村破产，农民生活无着，许多人都在筹划逃到海外谋生。于是，上述烟园一些受荷兰资本家雇用的华籍工头，便派人回到中国，以甜言蜜语诱骗那些贫苦农民，签订定期出卖劳动力的契约（一般订的是五年），到烟园劳动。签订了契约和得到少量的所谓安家费后，那些农民便完全失去了自由，一切行动，都必须听命于那些人贩子了。所谓"契约"，实际上就是卖身契。因为在烟园劳动，工资极低，仅够个人糊口，五年期满，毫无积蓄，有些嗜烟（鸦片）好赌的华工，甚至欠下一身债，无法脱身，只好续订新约，直到老死为止。所以，华侨中都称签订这种契约为"卖猪仔",就是说这种华工像"猪仔"一样,被永远出卖了。

"五祖庙"的"五祖",就是这样的华工。他们的名字,还写在这间小庙的灵牌上,依稀可辨。五人的名字是:陈炳益、吴土升、李三弟、杨桂林、吴蜈蚣。

他们都是潮汕人,所以关系较为密切。他们同其他华工一样,除了受到残酷的剥削外,在烟园劳动时,还经常受到荷籍监工的打骂。按照烟园的规定,在采摘烟叶时,必须按照烟叶的老嫩、色泽分级采摘和存放。有一天,这五华工中的一位,因为不小心,没有按照规定采摘,被荷兰监工发现而被毒打一顿。当这件事被其他四位同伴知道以后,他们都非常愤慨,因为他们也都遭受过这种无理的打骂,早已对那个荷兰监工恨之入骨。现在,眼见自己的同伴被打伤,就更加怒火中烧。当夜,他们经过商议之后,便决定在"大伯公"(潮籍侨胞奉祀之神)的神位前,"杀鸡饮血"订立盟约,五人结为同生共死的异姓兄弟。并决定伺机痛打那个荷兰监工,以报被打之仇。过了几天,果然在烟园里遇到那个监工,他们便一拥而上,扁担、木棍一齐下,结果,把那个监工打死了,他们也被逮捕了。

据说,根据当时荷印的法律,"杀人偿命",只要有一个人承认是自己打死的,就由他去偿命,其他四人是可以获释或减刑的。但他们因为已经订立盟誓,不肯背盟,都争着承认是自己打死的。荷兰殖民者当然也乐得"杀五儆百",于是,这五位华工便都被绞死了。①

当地华侨感于这五位华工的悲惨命运及其"忠义"事迹,便在烟园附近的白蒂沙,建立这个小庙来纪念他们,还在他们的灵牌左右,挂起

---

① 据印尼史书《日里今昔》记载,当时被苏丹法庭判处绞刑的有七个中国苦力,不是五个。

一副对联，联文是：

立胆为义照千古

存心为忠著万年

王任叔流亡到苏岛

1941 年 12 月 8 日，日本法西斯侵略者进一步发动了向东南亚进攻的战争，侵略矛头首先是指向英国的殖民地马来亚和新加坡。由于英军无力抵抗，侵略者仅仅用了一个多月的时间，便占领了整个马来亚，到了同新加坡仅隔一个海峡的柔佛。新加坡是危在旦夕了。这时，住在新加坡的以陈嘉庚为首的一批爱国侨领和以胡愈之、郁达夫为首的一批进步文化界人士，为了避免不必要的牺牲，便决定分批撤离新加坡，疏散到印尼的各个岛屿上去。当年 9 月刚到新加坡工作的王任叔，也只好随同文化界人士撤到苏岛。开始时是住在苏西，后来又迁移到苏北的先达和棉兰，隐蔽在一些爱国华侨的家里。

王任叔在国内是一位著名的作家，也是一位热爱祖国、热爱和平、反对法西斯侵略的斗士。在流亡期间，他忘不了祖国在被侵略被奴役，也忘不了全世界人民正在受到法西斯的蹂躏和屠杀。当他到达先达和棉兰稍为安顿以后，便开始联络当地华侨特别是当地的爱国进步华侨青年，共同商讨开展抗日救亡和反法西斯斗争的工作。不久，他便参加和领导由当地华侨所组成的秘密抗日组织"苏岛人民反法西斯同盟"，并出版了一份由他编辑的地下油印刊物《前进报》，号召华侨起来并同当地印尼人民团结合作，为反法西斯侵略而斗争。

为做好团结印尼人民的工作，王任叔还利用工余之暇，刻苦学习印尼文学。经过一两年时间，他便学会了阅读印尼文，这对他了解印尼人民过去受压迫、受奴役的情况和当前他们争取独立斗争的活动，是大有帮助的。他后来创作的《五祖庙》剧本，由于他能阅读印尼文，因而也得到了有关华工被虐待被杀害的印尼文史料作为依据。

"新中国剧艺社" 的诞生

1945 年 8 月 15 日，日本帝国主义宣布投降，反法西斯侵略战争胜利结束了。当地华侨无不欢欣鼓舞，庆获新生。但过后不久，祖国方面便传来了蒋介石正策划反共内战，恢复独裁；在印尼方面，那荷兰殖民主义者也试图卷土重来，恢复殖民统治。在这一新形势下，华侨面临着两个必须解决的问题：对祖国，要发动爱国民主运动，反对内战，争取和平；反对独裁，争取民主。对侨居地方面，也必须加强同印尼人民的友好团结，支持他们争取民族独立的斗争。

面对这一新的形势和新的任务，在爱国华侨中原有的地下抗日组织"苏岛人民反法西斯同盟"已不适应当时形势，该同盟的领导人便决定将其改组为"苏岛华侨民主同盟"（不久，又改为"中国民主同盟苏岛支部"），以负起领导和推动侨社的爱国民主运动。

"苏岛华侨民主同盟"除了在其领导下的工、青、妇等组织外，还建立了一个以爱好文艺的华侨青年为主所组成的文艺团体——"新中国剧艺社"。该社的主要任务是：以文艺形式，宣传和推动华侨的爱国民主运动；传播祖国的革命文艺，开展和活跃侨社中的文娱活动。此外，还负有宣传和推动华侨加强同印尼人民的友好团结，支持他们争取民族独立的运动。

1946 年 3 月，在"新中艺"酝酿成立期间，就先后演出过两个话剧和举办过革命歌曲的演唱会。两个话剧是：《别后》（由徐安如编导，主题是揭露荷兰殖民当局统治华侨所利用的"甲必丹制度"）；《暴风雨之夜》（由林人欢编导，主题是揭露日本帝国主义者侵占东南亚时的暴行）。革命歌曲演唱会，曾演唱过《黄河大合唱》和中国的、印尼的革命歌曲。这些演出，得到侨胞的好评。在"新中艺"的带动下，苏北各地的华侨青年、妇女等团体，也都陆续开展了文艺活动。

《五祖庙》写成和试演

王任叔除了积极支持和参加华侨社团所发动的爱国民主运动外，还把较多的精力放在促进华侨同印尼人民的友好团结和支持印尼人民争取独立的斗争上。他主持出版了一份印尼文的《民主日报》。报上除了报道有关中国和国际上的重要新闻外，还着重发表当时各个原殖民地国家争取独立和解放的消息。他亲自撰写评论文章，表示支持争取民族独立运动并提供个人的见解和建议。这些文章，受到印尼进步人士的欢迎。因为他用的笔名是"Barhen"（即巴人的拉丁字母拼音），因而印尼人士都亲切地称他为"BarhenBabak"（巴尔痕伯伯，前者是印尼文的读音，后者是伯伯的意思）。

同年四五月间，"新中艺"组成后，即着手准备到苏北各地去巡回演出，以扩大对爱国民主运动和支持印尼人民争取独立斗争的宣传。为适应斗争需要，我们便向王任求援剧本，他慨然答应，立刻动手，写成了以五个被绞死华工的故事和印尼农民反对荷兰资本家掠夺耕地的斗争相结合的剧本《五祖庙》，供"新中艺"去试演。

当时，我是"新中艺"负责人之一，又是该剧执导者之一。看过剧本以后，觉得主题是好的，正合乎我们的需要。但考虑到当时的局势，荷兰殖民主义者正卷土重来，已在一些大中城市建立起临时政权；而印尼人民的独立斗争，还在曲折而险阻的道路上发展着，他们的内部，也有良莠之分，有一小部分是专干反华排华工作的。加上荷兰的走狗特务也钻到各个市镇，对华侨和印尼人民进行挑拨离间工作。因此，我觉得号召中、印（尼）人民团结共同反帝的主张，不宜过于显露，以避免殖民者抓到把柄，向毫无准备的华侨进行报复。经过我们慎重考虑之后，便决定将剧中所有印尼人民反荷斗争以及支持华工斗争的情节，都暂时删去，仅留下剧中一位非常同情华工的遭遇并用歌声去鼓励华工报仇的卖咖啡的印尼姑娘，作为印尼人民同情华工反帝斗争的代表，暗示有共同命运和遭遇的中、印（尼）人民，将来是会联合起来共同反帝的。此外，由于我们演出的条件不足（演员少，场景、道具也欠缺），不得不删去一些情节，也是一个原因。

我们还考虑到，当地侨胞大部分是闽南人，其次是潮汕和海陆丰人，侨胞之间通用的是闽南话，闽南话和潮州话是相通的。剧中的五个主角，都是潮汕人，如果用潮州方言演出，就显得更为逼真，闽南人也完全能听懂，效果会更好。此外，在有印尼人物出场时，我们又采用华工常用的华、印（尼）语混合的特殊语言，这样，印尼人也可以听懂。

经过紧张的排练以后，《五祖庙》便在棉兰试演了两场，受到侨胞们的好评。在看到五个华工被绞死时，许多侨胞都纷纷落泪，对殖民主义者表示无限愤慨。

在苏北巡回演出

《五祖庙》在棉兰试演以后，受到好评，我们便积极筹备，利用学校暑假之机，到苏北各地去巡回演出。

出发之前，我们还利用"新中艺"原有的歌咏队，练习演唱当时印尼的革命歌曲。以便在演出前，先唱印尼革命歌曲，使印尼人民听了，知道我们是同情和支持他们争取独立的。接着演出《五祖庙》，进一步使他们了解到华侨同他们是同一命运而可以团结起来共同反对殖民主义者的。在苏北各地的演出中，这一措施确是收到了很好的效果。

　　这次巡回演出经过的地方，计有丁宜、先达、三板头、奇沙兰、亚沙汉、马达山等市镇。大的市镇要演两三场，小的只演一场。在公演前，我们都贴出用中、印（尼）文写成的海报，介绍演出剧目的剧情。由于有了介绍，所以每到一处都吸引了不少印尼革命组织的军政人员和各界人士前来观看。他们首先了解了剧情，又能听懂华工所说的特殊印尼语，看了都非常感动，表示赞赏，因而促进了华侨民主派与印尼军政民各界的友谊和团结。

　　看过《五祖庙》以后，印尼文化界的一位名作家、印尼民族党苏北总部领导人沙勒·乌马尔（SalehUmar），在先达看过演出以后，他认为《五祖庙》是一部反荷反殖的现实主义作品，它如实地反映了当时印尼人民和华人苦力的生活情况；在艺术上也表现了印尼华人的艺术风格。他说，给他留下较深刻印象的，是剧中的那位讨人喜爱的印尼姑娘。她唱的是用印尼"班顿"（Pantun，四句诗式的马来民歌）的词谱和苏北马来民歌的曲调；她跳的又是苏北马来民间的"龙跟"（Rongeng）舞，非常切合当时的情调。他最后表示，希望"新中艺"今后能多演这类戏剧，并希望巴人能多写一些这类题材的戏剧和小说。

　　当时的苏北政府情报局局长兼《独立火炬报》（《SuluhMerdeha》）总编的杰雅·雅各布（GajhaGacob），在先达看过后，曾通过先达华侨总会，表示拟邀请"新中艺"到武吉丁宜（当时印尼苏岛政府首府）去演出，并说明如果能去，他可以通知苏岛政府安排一切事宜。他说"新中艺"所演出的《五祖庙》和所唱的许多支持印尼独立斗争的歌曲，应该使大多数印尼人民都能看到听到，以促进印尼人民与中国人民的友谊与合作。他还要求巴人把他参加中国革命的经历与经验，写成一部文学作品，供他在印尼发表，使印尼革命者得到借鉴。

　　当时，印尼革命组织所控制的地区与荷兰人的占据区，交通是阻隔的，要通过这些地区非常困难。但当《五祖庙》一经演出以后，所有苏北各地都知道了。印尼区的军警，一听到是"新中艺"的演出队，就立刻放行，有时还用军车接送。在一些地区的演出中，有时，当地的印尼文艺团体，也利用我们演过的舞台，演出他们的歌舞或戏剧，邀请我们去观赏。

当时，荷兰殖民者在进驻印尼的英军的支持下，已经侵占了棉兰，建立了所谓"荷印行政公署"。他们除了经常派出部队去袭击棉兰周围的乡镇外，还派遣了一批特务、走狗，到附近市镇利用印尼人民和华侨过去的一些偏见和误会，挑起两民族之间的矛盾，引发两民族之间的冲突和仇杀。在我们巡回演出过的市镇，就很少发生这类事件。

在近一个月左右的巡回演出中，"新中艺"的战友们是辛苦的。白天，有时要在赤道的暴烈阳光下行军；晚上，经过劳累的演出后，只能躺在学校里的课桌上睡觉；所有的社员们，既是演员，还要当后台的勤杂工。演出是义务的，没有分文报酬。但他们却甘之如饴，没有一句闲言怨语，因为他们懂得，这次演出，是为了促进华侨和印尼人民的友好团结，是自己应尽的责任。

40多年过去了，当年"新中艺"的战友们，绝大多数已经离开了棉兰，分居国内外。也有几位同志已经去世了，如吴锡柳、徐伯衡、张琼郁、董添治、董发治、潘来胜等，其中吴锡柳是在敌人的监狱里被迫害致死的。王任叔同志，虽然不是"新中艺"的社员，但他却是带领我们进行爱国民主运动的导师，是反帝反殖斗争的勇士，也是"新中艺"的大力支持者。

胡遗生马来西亚办学记略

———

朱火金

在新出版的中华人民共和国地方志丛书《铅山县志》中，记载了一位极其平凡而又普通的民间医师胡遗生精湛医术和高尚的医德，以及数十年中广为四方病友送医送药的感人事实，一部史册为一位普通百姓立传，可见其事迹感人至深。但他一生中在友好邻邦马来西亚（原称马来亚联合邦）彭亨文冬创办启文中小学，并担任该校校长15年，桃李满天下，传誉满马来的事迹，却鲜为人知。

胡遗生（1902—1980），江西省铅山县人。在其一生最宝贵的时期31～46岁时，即1933年到1948年，曾创办并担任马来西亚彭亨文冬启文中小学校长，为马来西亚和华侨华人教育事业作出了积极的贡献。胡遗生出身于诗书人家，父亲胡永清是一位精武好诗，热心桑梓教育，出资创办石塘小学的开明士绅。母亲刘氏知书达理，贤惠善良，使得胡遗生自幼就受到良好的家庭教育。在父母的影响下，他很小就爱好诗文，喜弄拳术，在江西省立第四师范学校读书期间，就结识了峰顶寺的可修禅师，从师习武。经可修指点，武艺大进。师范毕业后，以优异成绩考入北京师范大学中文系。当时正处在大革命高潮，北京学生运动如火如荼，胡遗生在北师大与江西籍的同学刘和珍、邵式平、黄道等进步同学关系密切，并参加了学运。1926 年发生段瑞政府枪杀刘和珍君等北师大学生请愿团的"三一八"惨案后，胡遗生愤而离校返回铅山，受聘于鹅湖中学校长。公务之暇，常就近与可修禅师研习武术，师徒二人朝夕相处，悉心切磋"字门"拳术。为弘扬中华武术，胡遗生将少林武术流派的拳术编撰成《字门正宗》一书。书稿经"中央武术馆"审定，于1933 年由上海作者书社出版发行。该书分上下卷，所论"字门"要义，不枝不蔓，十分精辟。每节精绘图像示意，书后附《医伤秘录》。《字门正宗》出版时，胡遗生与其堂兄胡敖秋先生正受聘于绍山稽山中学任教，时有南洋同学来信邀他去南洋办学，为了摆脱当时所处的险恶环境，在筹足盘缠后，胡遗生便毅然辞去稽山中学教职，只身来到英属马来亚联合邦的彭亨文冬。当地的土著民族经济落后，生产力水平低，文化教育事业更加落后。胡遗生初到异国他乡，人地生疏，但得到了好友、老同学廖成昭、钟作等人和当地的华人华侨赖奕辅、符致川、郑金沐、林风美、谢金妹等的热心帮助，他们慷慨解囊捐资，胡遗生凑上自己所带余资，很顺利地就办起了启文中小学，并被推举担任校长。在此任上他干了整整 15 年。启文中小学初创时，由于筹募到的资金有限，胡校长处处精打细算，以十当百，量入而出，一切都因陋就简，自力更生，办好学校。他做校长还事必躬亲，如校训、校章、校歌以及校服等，他均亲自动手。

胡遗生在彭亨文冬启文中小学授业时，始终本着孔子"有教无类"的教育宗旨，教育启迪下一代。因此，启文中小学招收学生面向社会，不论穷富人家子女，均可入学就读，所以校中贫寒学生居多。更难能可贵的是，那些被视为"坏学生"的孩子，他也乐于栽培；有的家庭

"浪子"，其他学校拒之门外，只要家长有信心，送来托付启文中小学，他就会认真地教育他们，直到把他们教好。他认为：古人的"有教无类"，就是说什么人都可加以教育，乖学生好好读书，做事走路循规蹈矩，有什么好教？所谓"浪子"，不过是他们好动，不受拘束，不喜欢读书，这并非是什么罪过，这才需要我们教育，把他们琢磨成器。往往不守常规的孩子，有可能会成为非凡人才，为什么不去用爱心和耐心启发他们，培育他们?！

在教学中他不墨守成规，他讲课时注重启发式，循循善诱，针对问题，有的放矢；既抓好课堂教学，又重视课外辅导；编写讲义，注重详略得当；批改作业，一丝不苟。他还十分注意对学生的道德培养，常说："一个人要成大器，先要养成高尚道德，养吾浩然正气，否则不能成大器。"他自己兼汉语和中国古典文学课，在讲授时总是用那些对民族对国家作出过巨大贡献的英雄人物去激励学生热爱祖国，报效祖国。

为了弘扬中华武术，让中华武术能在马来西亚发扬光大，他首创了学校武术队，选拔那些热爱武术、身体素质好、品学兼优的中学生加入武术队，并亲自担任武术教练，负责传授少林拳脚功夫。他一招一式，反复为学生做示范动作，言传身教，每次教练总是汗流浃背。功夫不负有心人，在胡校长精心培训下，校武术队员们个个都练就一身功夫。日军入侵后，这支武术队在护校、维护治安秩序中发挥了很好的作用。胡遗生在异国他乡为弘扬中华武术可谓竭尽全力。

他为谋求学校发展，呕心沥血、惨淡经营。学校初创时只有几个班，生员不过200多人。待到他1948年底离校归国时，启文中小学已发展成从完全小学到完全中学的一座颇具规模的学校，拥有1000多名学生，20多个班级，百余名教友员工。15年中，胡遗生在彭亨文冬启文中小学培育了多少学子，他们中有的成为教授学者、专家工程师、成为企业家工场主，有的从政成为国家栋梁之材。

胡遗生热爱祖国，坚持正义，淡泊名利，品德高尚。当日军侵略马来半岛时，他身处异国，不顾个人安危，经常在报刊上写文揭露抨击日本帝国主义的侵略行径。他时时关心中国人民的抗日斗争，为了帮助祖国的抗日，他在马来西亚募捐，所得款项悉数交给陈嘉庚先生带回祖国，以尽赤子之心。当他得知日军无条件投降的胜利消息后，热泪盈眶，带领全校师生狂欢三天，欢庆胜利。他初到彭亨文冬时，发现这一带经常有凶猛巨鳄袭击伤害人畜，他多方探寻捕鳄能人，在寻得捕鳄高手后，重金相许，帮助捕杀了这里伤害人畜的凶猛巨鳄，为民除害，深受当地人民称赞。胡遗生懂武术，也懂医道，他著述的《字门正宗》书中附医案病例药方数百个，当他看到当地的马来民族贫苦，父老弟兄生病无钱医治买药，便主动为他们治病采药，并亲自送药上门，分文不取，还教其亲人如何识别自采草药。对于病家的馈赠，也婉言谢绝。胡遗生这种崇高品德，一直被当地马来民族兄弟所称颂。

1948年底，这位离开祖国、离别故乡亲人已15年的海外游子，决定归国回家探望亲人。临行时，全校师生和当地马来民族的父老兄弟一早就聚集在码头，他们怀着恋恋不舍的心情，挥泪送别这位尊敬的校长和老师。

胡遗生回到祖国，与故乡亲人团聚后，准备翌年春天再返回他含辛茹苦创立的启文学校，回到他生活奋斗了15年的马来西亚时，终因种种原因未能成行。如今，中马两国的友谊不断发展，胡遗生老人虽早已离开人世，但胡先生早年在这里播下的文化种子却已开花结果。这位曾为发展马来西亚教育事业和中马两国人民友谊做出过贡献的启文中小学校长，将永远为中马两国人民所铭记。

中国军事顾问团在越南

周洪波 口述　钱江 整理

组建顾问团

我是在解放战争全面爆发前的 1946 年 5 月在山东老家龙口参加解放军的。那年，我才 14 岁，好在个头高，部队就把我收下了。几年间随部队转战山东，仗是越打越大，终于迎来了渡江战役，我们打胜了。

渡江以后我在南京的华东军政大学三总队当警卫战士，1949 年下半年被选上当了总队长梅嘉生的警卫员。半年后的 1950 年初夏，首长接到命令，在南京组建赴越南军事顾问团，然后前往越南，协助胡志明主席领导的越南抗法救国战争。原来，这年 1 月，胡志明亲自来过中国，向中央提出了援助越南抗法战争的请求，中央同意了，很快决定成立以韦国清为团长、梅嘉生为副团长的中国军事顾问团。梅嘉生同志接到命令后，立即着手选择、调配各级顾问和工作人员，以及必要的通信器材等物资。我呢，那时候年轻，什么想法也没有，只想着要在战场上保护好首长。

梅嘉生首长把全部身心都投入到组建顾问团的工作中去了。使我感动的有两件事，一是工作忙，还去过几次北京听取毛泽东主席、刘少奇副主席的指示，因此梅嘉生将军直到临出发了才想起应该去看一看离别了十年的母亲和家乡，于是就带着我上路了。首长的家乡是江苏丹阳，离南京不远，中午出发，傍晚就到了。将军的母亲已经 60 多岁，看见儿子回来了，高兴得了不得，请邻居帮忙，一起做了芝麻汤团慰劳征战十年未归家的梅嘉生，没想到，才一见面，儿子又要出征了。梅嘉生将军伏身对妈妈说，您要多保重身体，儿因为工作忙，不能常来看望您，有事可以给周政（梅嘉生夫人）去信。

将军在家里住了一夜，第二天清早就返回南京准备奔赴越南了。由于要保守秘密，梅嘉生没有对妈妈说自己要去越南，这一去就要到四年后回国母子才能再相见。

将军最心爱的是十来岁的女儿丹波。过去在紧张的战争岁月里，将军总感觉给女儿的抚爱太少了。新中国成立后，生活刚刚安定，却又要远征。在临行的几天里，他对女儿的疼爱表现得特别浓重，带她散步，为她打热水洗澡，一空下来就和她玩……

这就是新生的共和国的将军，一声令下，打起背包就奔赴又一个新战场。

前往越南

去越南前梅嘉生将军最后一次带我到北京，中央军委领导出于对越南战争情况最困难的考虑，发给顾问团一批黄金，由梅嘉生掌握，以防在中越边界线被法军切断，顾问团无法与国内联系的紧急情况下使用。

这批黄金是由我办理了手续后，到中央银行提取的，一共是 500 两黄金和一皮箱纸币。500 两黄金放在一个铁盒里，我又把它放在那箱子纸币的中间，拿回来交给了梅嘉生。我现在都感到惊讶，那么重大的一笔财产，就交给我这样一个刚满 18 岁的警卫员来办理。

1950 年 7 月，梅嘉生率领顾问团团部在南京集中后出发了，我们跟随梅嘉生将军的四个警卫员，除了做好首长的保卫工作外，自然成了那批黄金和纸币的保管员。这时，黄金和纸币又分开放在了梅嘉生将军的卧铺下。

火车开到衡阳就不能再往前，得换乘汽车了。我们在衡阳下车时天色已经黑了下来。当时这一带国民党残军和土匪活动还很多，夜空中不时传来枪声。我们很警惕地保卫首长的安全，我作为梅嘉生将军的贴身警卫，自然时时刻刻在他的左右。其他几个在忙着搬东西的时候，也很关心首长的安全问题。忙了一阵，大家清理随带的东西，竟发现那装在铁盒里的 500 两黄金没有拿下车，而火车已经开走一些时候了！

大家急坏了，梅嘉生将军也很恼火，狠狠地批评了我们，立即下令与当地驻军联系，封锁沿线大小车站，把开走了的列车截下来检查。

还好，火车开出不几站就被截住了。车站负责人和公安部队的同志上车在首长用过的卧铺下找到了这个帆布带。他们感到好奇，同时也需要确认，就把铁盒子打开看了，十两一根的金子好好地在里头躺着。

电话打来，梅嘉生将军急令我和顾问于步血这位著名的战斗英雄，连夜搭车赶往那里，取回了金子。这是我们出发后发生的第一次大事故，我们几个警卫员虽然挨了批评，大家都是心服口服的。

金子带到了南宁，了解情况后知道越南的形势不像想象中的那么严重，首长决定把 500 两黄金留在了南宁，没有带到越南去。但这件事提高了我的责任心。

战场上的一杯米饭

1950 年 8 月 12 日凌晨，中国军事顾问团在韦国清、梅嘉生、邓逸凡将军率领下离开祖国，进入越南境内。越南人民军负责人武元甲、陈登宁、黎廉等人在边界上迎接，表示热烈欢迎。入境后，我们一行 200 多人在夜色中步行前往越军总部所在地广渊，那是一个群山中的小村镇。

两天以后，先期进入越南的云南军区司令员陈赓将军也到了。陈赓一到，就着手帮助越军组织边界战役，这也是越南人民军成立以后第一次进行大规模的歼灭战，战役目的是清除法军封锁中越边境的据点，打通中国和越南之间的交通线，使中国的援助物资能够畅通无阻地运进越南。这一战役，是越南抗法战争的一个重要的转折点。

陈赓和中国军事顾问团首长在分析越法两军态势后，决定采取围点打援的战法，首先围攻高平、七溪两个法军据点之间的小据点东溪，吸引法军出援，然后在野外将其歼灭。中国军事顾问被纷纷派往越军的师、团、营战斗单位，帮助越军组织战役。

9 月，战役开始了，梅嘉生将军前往越军前线指挥部，帮助越军总参谋长黄文泰进行指挥。他带着我上路了。

到前线指挥部的路并不远，但是走的根本不是路，而是在密布森林的大山中攀登。法军似乎发觉了越军的行动，使用空军不停地对高平和东溪附近进行轰炸、扫射。为了不让法军发现目标，我们行进途中没有埋锅造饭。经过一个昼夜的艰难跋涉，我们到达前线指挥部的时候，已经又饿又累，梅嘉生将军的关节炎病也犯了。这时，炊事人员没有跟上，梅嘉生将军却不顾劳累，忙着观察地形，研究地图。

指挥员打仗不吃饭怎么行？幸好，我在出发前根据国内战争的经验，身上背了半袋子米。可是附近没有老百姓，借不到锅。这时，我看到了随身带的一个美制军用水壶的底，我是把它作茶杯来用的。急中生智，我跑到离开指挥部比较远的地方，找到水源，用半干半湿的树枝烧饭。这顿饭烧了好久，因为敌机一来我就得灭火，过后又得生火。终于把带着一股子烟气的一杯子饭烧熟了。梅嘉生端起来就吃，还表扬我干得好。

这是我进入越南后受到的第一次表扬。

战斗在越南战场上

边界战役取得了重大胜利，从根本上改变了越法两军的力量对比。从那以后，战争主动权就落到越军手里了。

边界战役后，越南抗法战争又持续了三年半，在这段时间里，梅嘉生将军除了有限的几次回国汇报工作，短暂休假外，都是在越南度过的。他是军事顾问团第一副团长，负责参谋长工作，各种事务非常繁忙。

梅嘉生将军参与指挥了越南战场的几次重大战役。他的意志非常坚决，在战斗激烈的时候从来没有听他说过困难。他有一句口头禅：困难对军人来说，只是黎明前两军对抗最难熬的那一刻，扛过去就是胜利的喜悦了。

在越南战争中，梅嘉生将军曾多次遇险，仅1952年西北战役就有三次。一次是他带领团部人员沿3号公路赶往越西北地区。法军轰炸机在一段路区投掷了定时炸弹。怎么过这段危险区？梅嘉生将军为了争取时间，命令我们跟随他快速通过。我随他刚刚走出一段，轰的一声，一颗定时炸弹在他后方十几米处爆炸，幸好没有打中他。我们又往前走，经过一片开阔地，四架法机突然飞来，向我们猛烈扫射。四周没有隐蔽物，我一把将他压在了我的身下，枪弹在我们身边打起一片烟尘，太危险了。飞机过后，梅嘉生将军打趣说，敌人怎么总和我们过不去。

梅嘉生将军的关节炎在越南越来越严重，但他始终坚持工作。有一次胡志明主席请韦国清、梅嘉生、邓逸凡去他处谈工作后留饭，大概是有庆祝西北战役胜利的意思吧，我被例外地叫上和越南人民的领袖同桌用餐。桌上约有四五样菜，胡志明主席用筷子夹起带皮肉放到韦国清首长碗里，用中国话说："你吃掉它，能治好你的胃病。"接着他夹起一个鸡腿，放进梅嘉生的碗里，说："你为了越南人民的救国事业，染上严重的关节炎，吃了这个，尽快康复！"

梅嘉生将军激动地说："谢谢胡主席的祝愿！"

为了奠边府战役的胜利

1953 年夏天，梅嘉生将军回北京汇报工作。军委根据他的身体情况，又值越南的雨季，就安排他到青岛疗养一个月。谁知，才到青岛住了一个月，梅嘉生将军就带着我赶回越南，因为一个大战役又要展开了，后来，它发展成著名的奠边府战役。

奠边府战役延续了将近半年之久，梅嘉生将军始终在前线，他为奠边府战役的胜利倾注了全部心血，作出了重大的贡献。他帮助越军总部详尽地制定了战役计划，并报告国内，提出援助计划，向奠边府前线运送了大量武器弹药和粮食。根据战役需要，他向国内要求调来了新制造的六管火箭炮，对奠边府法军进行最后的打击。

在战役最艰苦的时刻，他坚决反对动摇情绪，摆出充分的理由说明越军能够最后歼灭困守在奠边府的 1 万多名法军。他帮助越军确定了掘壕迫近战法，一步步地逼近法军，并且采用挖洞爆破的办法在总攻的那天一举炸毁了法军的主力碉堡。一句话，梅嘉生将军参与了奠边府战役的全过程。

1954 年 5 月 7 日，奠边府战役胜利了，守敌除被击毙外全部投降。那天晚上，俘虏下来了，梅嘉生将军带着我来到距离指挥部不远处的公路边，看着一队队走来的法军俘虏。被俘的法军指挥官德卡斯特莱少将也过来了，押解的越军军官见到梅嘉生将军，故意让德卡斯特莱停住，问了几句话。梅嘉生将军在一边默默地听着，我想，他的内心一定充满了胜利的欢欣。

奠边府战役后，在印度支那局势还没有明朗的时候，梅嘉生将军率领顾问团继续在越南待命，而我却于 1954 年 11 月回国了，梅嘉生将军留在越南，直到第二年才回到祖国。

赴老挝修桥筑路见闻

郑士勇 口述　程士贵　王宁 整理

　　老挝，位于东南亚中南半岛北部，同我国、越南、柬埔寨、泰国、缅甸相邻，面积达 23.14 万平方公里，1974 年时人口约 300 万。属热带季风气候，年降水量大，雨季长，湄公河纵贯全国，森林面积占全国面积的 67%。有锡、铜、煤、锌、铁等矿藏。老挝历史悠久，很早就同我国进行友好往来，但自近代以来老挝人民屡受磨难：1893 年沦为法国保护国，1940 年被日本占领，1946 年法军入侵，以及后来美国扶植的极右势力发动内战……老挝人民始终坚持为祖国的独立、主权而斗争，直至 1975 年才在中国等正义力量支援下，摧垮极右势力，废除君主制，成立了老挝人民民主共和国。为了帮助老挝人民重建国家经济，恢复新生活，许多友好国家都伸出了援助之手。1975 年 4 月，我所在的部队——济南军区一一二工兵团，接到中央军委命令，归建于新成立的中国筑路工程大队，赴老挝执行援外任务。

　　中国筑路工程大队，由第二炮兵二五一团、南京军区一四三团、济南军区一一二团、总参勘测大队、昆明军区一四九团、运输团及一个野

174

战医院组成。其任务是：从老挝的零公里（中国的尚勇边防检查站）至越南胡志明 12 号小道，修建一条长 312 公里、宽 6 米的柏油公路，以及长 700 米的南乌江大桥等 270 余座桥涵工程，工期五年。

同年 8 月，全大队开始在昆明进行紧张的训练，10 月间分批开赴老挝。由于沿途沟壑纵横，崎岖难行，我们行军四天方到达孟腊县尚勇边防检查站，并由此向老挝境内开进。

原始森林摆战场

我们援建老挝的这条公路，全部从原始森林通过。我们团的后勤人员随同先遣分队进入老挝境内后，便宿营在茫茫林海里。先遣分队的使命是架桥修筑便道，为大部队的开进做好准备。

刚进入原始森林，大家都觉得新鲜、好奇，眼界大开。森林里繁多的树种让人眼花缭乱：有红木、椴木、柚木……最令人称奇的是棉花树（在我们北方是草本植物，在这里却是木本植物），称木棉，亦称"攀枝花"、"英雄树"，成树高达 30～40 米，粗者两人也抱不过来，果实成熟裂开后，满树一片白，煞是好看。还有遍地丛生的山药，秧粗如大拇指，四季常青，根部所结的山药又粗又长。至于五六人合抱不过来的大树更是随处可见，有的树上竟挂有七八个高约 1 米的野蜜蜂窝，若从蜂窝底部打上一个窟窿，香甜无比的蜂蜜便能淌满一大铝盆。森林中的鸟儿也特多，如老鹰、孔雀、野鸡等，还有许多不知名字的。清晨从山顶往下看，一望无际的云海瞬息万变，浩瀚无垠的林海波涛起伏，使人心旷神怡，如入仙境。但我们不是来旅游观光的，随着紧张施工的全面铺开，一个个困难接踵而至，大家的新鲜感很快就消失了。

我们第一个遇到的头疼事是虫蛇多。原始森林是野生动物的自由王国，猴子、大象、马鹿、野猪、豹子、穿山甲等时常见到。然而对我们威胁最大的是各种毒蛇（如蝮蛇、竹叶青蛇、眼镜蛇）及蚊子、小咬、蚂蟥、蝎子等。这里的蚊子多而大（可谓"三个蚊子炒一盘菜"），它平时不出声，遇人叮上就吸血，被叮后两三天内仍直流血水。一条条约两寸长、粗皮肤、两头扁扁的旱蚂蟥在地上爬，不时还直起身东张西望地寻找猎物。当人们不注意靠近时，它便一躬一弹附上人的裤脚，随即悄无声息地钻进裤筒吸食人血。初时人们并无感觉，直至它吸饱了后才有麻木感。由于它顽固地叮在你身上，要费很大气力才能拽下来，要用肥皂或洗衣粉水擦洗伤口方能止血。每逢阴雨天，成群结队的大蝎子（长20多公分，两只钳甲大如海蟹甲，其施放的毒液能毒死一头水牛）、大蜈蚣（长如筷子，棕红色，剧毒。一战士听人讲蜈蚣泡酒可治疗腰腿疼病，为治疗父亲的腿疼症，便悄悄捉了一条泡酒，事后仅尝了一小盅便被毒死），肆无忌惮地四处"示威"，令人毛骨悚然。草丛里、竹林间是各种毒蛇的栖息地：战士们砍伐竹子、清除杂草时，冷不防就会受到竹叶青蛇的袭击；推土机铲平道路时，也常常挖出百余斤重的大蟒蛇；大腹便便的蝮蛇到处乱钻，攻击、伤害人畜……

为了对付这些害虫，我们采取了不少措施：一是施工时，戴上防蚊罩与手套，穿上防蚂蟥袜子；二是用竹子编成竹笆，盖成二层式竹楼，并在每根柱子上都围以罐头盒剪成的锯齿，在竹楼周围撒上"六六六"粉，每天睡觉前、起床后都要先翻翻被子、衣服及鞋子，防止毒蛇的袭击；三是每个连队的卫生员都备足药品，以便被虫蛇咬伤时救治。即使这样，毒蛇还经常光顾。一天中午，我刚钻进蚊帐准备午睡，突然发现蚊帐外面立起一根"竹竿"。我想准是调皮鬼李春郎用来吓唬人的，便吆喝道："春郎，你干什么？"喊声刚落，"竹竿"就消失了。接着听到春郎的回话："你的床底下有条蛇！"我急忙从蚊帐里跑出来，吆喝警卫排的战士们过来捉蛇。大家七手八脚地忙了好一阵子，竟从我床下放鞋的箱子里捉出一条4.2米长、茶杯粗的大蝮蛇。第二天，哨兵发现盖弹药的篷布底下有动静，掀开一看，又是一条4米多长的大蝮蛇！具有讽刺意味的是，这两条毒蛇都成了南方籍战士的佳肴。

第二个烦人的事是这里气温高、雨水多。5月至10月间，老挝的气温高达40摄氏度以上，中午竟达50多摄氏度（持续三个多小时）。人站在太阳底下只两三分钟，汗水就如泉涌而出，滴在沙石上即冒"白烟"。灼人的气浪令人胸闷如堵，嗓子眼里仿佛塞满了辣椒面，尽管大口喘气，仍感到有一双无形的手紧紧卡住喉咙，憋得要命。天热气短难以进食，加之没有蔬菜，净吃牛肉、羊肉罐头，营养失衡，战士们普遍感觉四肢无力，体能下降，黄疸性肝炎、疟疾、痢疾等传染病也乘机向我们袭来。对此，大队、团党委断然采取措施改善伙食，命后勤部门每个星期从昆明送一次生猪、生牛及鲜蛋，并号召大家自己动手开荒，无论干部、战士每人都要种一畦蔬菜（因从昆明向老挝送菜需五天时间，往往没等送到蔬菜便烂了。况且几万人的部队，需求量大，也送不过来）。当时，不少山东籍的干部战士乘回乡探亲，捎回了白菜、辣椒、豆角、芸豆、大头菜等菜种。这些北方菜，很快便在大森林里安家落户，不用施肥浇水，一个月就可食用。领导还调整了施工时间，上午10时停工，下午3时开工，并要求团后勤部门制作汽水及时供应连队。因当地河水不卫生，各连队纷纷寻找泉水，再用竹筒连接起来，直接输送到连队驻地，有的竹筒长达10多公里。针对传染病的侵扰，上级要求各部队要及时服用预防肝炎、疟疾、痢疾的药品，有了病号及时送野战医院治疗。这些做法，对战胜高温，增强干部、战士体质，遏制疾病流行，保证施工任务的完成，收效明显。

雨季来临，如何战胜潮湿，又摆在了我们面前。为防止干部战士患风湿关节病，部队给每人发了一条毛毡、一床毛毯、一条狗皮褥子。当时我任一一二团装备股长，梅雨季节使施工物资如炸药、水泥等卸车难、入库难、保管更难，我们便用木板打成平台，物资之上再罩以大篷布。为防止粮食发霉变质，每当运粮车一到，便及时发放到各连队分散保管，并在放粮处周围撒上"六六六"粉，以对付白蚂蚁的袭扰。

施工地形的复杂，也给我们的机械化作业带来很大困难。老挝山多河多，可谓是一条山沟一条河，山连山，水连水，由于交通落后，当地农民伐下的木材只能用大象搬运。在这种情况下，全大队3000多台汽车与施工机械，很难展开作业。对此，大队党委命令先遣队昼夜施工，先开辟出能通过一辆车的便道，大部队再随后一公里一公里地跟进。我们团的施工点在212公里处，大家整整走了一个多月才到达目的地。

艰难的施工刚刚展开，战士们用砍刀清路障、推土机推土时，又发生了触雷爆炸导致人员伤亡的事。原来，当年国民党的万余残兵败将在侵占这一地区时，曾在山坡、竹林、杂草等隐蔽处埋有许多地雷。我们只好采取"先引爆一段，开辟一段，大部队再前进一段"的措施，以减少意外伤亡。

在五年的时间里，我们的集体中涌现出了许多"一不怕苦，二不怕死"、智勇双全、屡攻难关的先进集体与个人。如被昆明军区授予"援老挝筑路硬骨头六连"的我团二营六连连长郝廷义，在突击卡脖子工程——一座涵洞时，因垫土量大，某个营的兵力用了三天也未完成任务。团长王继奎火了，当即令这个营撤下，调六连上。王团长领着我和郝连长绕现场看了一圈后，问郝连长："你有没有把握在短期内拿下它？"郝连长胸有成竹地答道："只要给我12吨炸药，明天我保证完成任务！"王团长高兴地对我说："郑股长，马上给老郝拉12吨炸药……"结果，六连指战员突击了一晚上，埋下12吨炸药。次日清晨山崩地裂一声巨响，半壁山坡如刀削似的填平了深沟，高兴得王团长连声叫好……就是这些无私无畏、智勇双全的指战员，遇山劈山，逢河架桥，克服了一个又一个的困难，在茫茫林海里修筑了一条用血和汗凝成的中老友谊大道，同时也有 800 名战友为此付出了生命的代价。

中老人民友谊长存

架桥筑路的五年时间里，我们同老挝人民建立了深厚的友谊。

每年的 4 月 12 日至 15 日，是老挝的泼水节。为表达他们对中国军队的感激之情，中央、省、县、村都组织群众分批到我们驻地一起欢度泼水节。每逢此时，军营里热闹非凡，处处欢歌笑语。他们用竹桶泼我们，我们用脸盆、菜盆泼他们，从院子追泼到屋里，从军营追泼到河边，衣服、被子全湿透。到晚上，点一堆篝火，女的在里边，男的在外圈，边敲着竹筒或鼓，边欢快地起舞，通宵达旦。第二天早饭后，大家又接着泼水。当地妇女过泼水节都穿着一新，泼脏了再换新的；而我们只有少数几件军服，不一会儿便没有衣服可换了。老挝人民用泼水的形式，祝愿我们一年不生病；而我们也组织慰问小组，给他们带去盐、苹果、海带及罐头。

那时，我们驻地周边的群众仍过着刀耕火种的原始生活。种地时先放火烧山，然后用竹子捅上孔，撒入稻种后就不再进行管理；收获时将稻穗掐下来，放在山坡上，随吃随拿；做饭用竹筒，吃饭用手抓。这里虽然落后，但社会风气很好，我们施工的物资从未失窃过。他们有福同享，将我们赠送的礼品都平均分配。老挝群众热情好客，我们慰问他们，他们则下河抓几条鱼，上山摸几窝未睁眼的小老鼠，用火烤熟后放在芭蕉叶子上，再用竹筒盛上米酒。起初，我们都不习惯，尤其是看到未睁眼的小老鼠，恶心得不行！对此，老挝的有关部门向中老友好办事处提出意见，说我们是大国主义，不讲礼貌。得知这一情况后，领导便教育大家要尊重当地群众的生活习惯，并逐渐适应这些习惯，搞好与当地群众的关系。后来，我们渐渐适应了。别说，烤熟的小老鼠蘸着盐水，吃着还蛮香哩！

按照上级规定，老挝的中央、省、县领导人来驻地慰问，要按三级国宴标准（每人八元人民币）招待。当我们包水饺款待他们，他们觉得非常好奇："又擀皮又包馅，且摆放得整整齐齐，这是做什么用的？"许多人竟看直了眼。而我们煮好饺子让他们吃时，他们又高兴地唱起歌、跳起舞来。而且，他们舍不得全吃完，还要拿回去每户分几个，让大家共享中国部队的美食……

当时，老挝的医疗卫生条件很差，省、县所在地没有一家医院，群众得了病只有求"鬼山"、"鬼树"保佑。所谓"鬼山"，就是埋死尸的山；"鬼树"，即周围最老的树。见到当地群众因病死亡率极高，我们在走访时就顺便带上军医、卫生员给他们治病。当地群众见发烧、恶心者只吃上几片药就见好，连称求"鬼山"、"鬼树"，还不如中国军队的药灵。为改变当地群众不讲卫生的习惯，我们军人服务社又特地购进一批生活用具（如铝锅、勺子、饭碗、肥皂等）送去，渐渐地他们也开始注意讲卫生了。

老挝的村庄稀而小，最小的只有四五户人家。二三十户即县政府驻地，70户至100户便是省政府所在地，政府官员的家就是办公室。文化教育更为落后，方圆几十里见不到一处学校，当地群众都是送小孩到省政府驻地的庙里学习文化，并以轮流给庙里的人送饭作为学费。见到这种状况，大队要求每个团都要为驻地建一所学校。当我们团为南帅村修建的中国式学校建成时，周围30多公里远的村民都步行赶来参观，省府、县府还为此庆祝了10多天。一听到孩子们的琅琅读书声，我们心里的那股高兴劲儿就甭提了！

美籍华人珠宝商苏协民

——

平 和

美籍华人企业家、美国华人珠宝商理事长苏协民在异邦发迹，并非得益于他是否有巨富的祖业，而是从摆设小摊位起家的。他说："古话讲做生意要有本钱，要本人去做，而且要做本行，并不是全然有道理。只有本人去做才是真的重要。至于没有本钱，可以从小做起。我自己就是这样做起来的。至于要懂本行，也不重要。因为只要做下去，就会懂这一行。"

苏协民的"生意经"，就是他摆小摊而后发家的亲身体验和总结。

1970年，苏协民和太太魏文华带着幼子从香港前往举目无亲的美国定居，开始时是在密西根州立大学从事医学研究。但是，生活在以金钱为轴心的美国社会，逼使他不得不苦苦地思索发展的途径。他认为："华人在美国求生存，既要有学问，也应该懂得赚钱。"于是，他利用工余时间，和妻子一起带着从香港买来的少许首饰，奔到"跳蚤市场"去兜售。一卖两卖，钱挣了一些，生活也宽裕起来。

不过，"跳蚤"生意终归不是大丈夫所为，心怀大志的苏协民怎能安于此道？他的太太魏文华最知道自己丈夫的心态，便鼓励苏协民向珠宝市场"进军"。因为魏文华的娘家是漳州有名的首饰铺，她自小爱好金玉首饰，也有这方面的识货本领和装雕手艺。她给丈夫一鼓劲，苏协民便于1974年移居珠宝闹市的纽约，准备在珠宝行业中一显身手。

纽约有钻石街，街面上的珠宝店家鳞次栉比，珠宝市场的竞争相当激烈。白手起家的苏协民夫妇想在这里立足，可真不容易。但他们夫妇意志已定，决心在激烈竞争中立稳脚跟，图求发展。首次，苏协民大胆地参加珠宝首饰展览，把自家的首饰品样展示出来。但他发现那些纯东方色彩的首饰在市场上并不受欢迎。怎么办？他们夫妇俩思考后，转舵行商，主动上门向百货公司推销货品。可是，对方到他们只有几个"榻榻米"大小的办事处一看，便拂袖而去，不屑一顾。对当时的处境，魏文华后来回忆说："刚开始的时候，我们想见到买主，好像比见皇帝还难。"有货没人买，这对商场新贾的苏协民夫妇的打击是沉重的。但他们并不气馁，而是共同商议如何杀出一条生路：他们认为商品若步人后尘，绝无回生起色之时，必须靠自己设计，锐意创新，拿出新颖的商品上市，才能打开局面。苏协民独具慧眼，魏文华心灵手巧，便在项饰商品上搞"国际组合"，就是说在一条项链里，把来自中国台湾、泰国、印度和美国本地的宝石编饰而成，再加上个"Nonaso"牌号。苏太太设计的这种款式的项链很受欢迎，购买者多起来，销售局面因而拓展开来。

而后，他们又用纯宝石以外的各种杂石和珊瑚、珍珠、象牙、玛瑙、贝壳等天然材料制成半宝石首饰。这种首饰填补了贵重珠宝和假珠宝之间的空白，既有价值，又大众化，既有传统风格，又符合新潮流。半宝石首饰异军突起，销路很好。所以，他们建立的苏氏公司的上市产品深受欢迎，连高级百货公司也来购买，销售范围因而拓展，经营大臻。从中，他们吸取了一条主要经验，即"设计的产品必须迎合潮流"，而且设计主题应该年年不同。因为，苏氏公司打开美国高级百货公司的销售渠道后，各个公司雇用的时装顾问员，每两个月就和魏文华会晤一次，研究下一季服装和珠宝首饰的流行趋势，探讨其颜色、式样会有什么变化。然后，魏文华根据研究后的结果，预测市场动向，重新设计新产品，而各大百货公司又根据魏文华设计的新产品开列订单。这样，苏太太不仅可以主动掌握自己的货源，而且可以控制进口半宝石半成品的数量。因为购销无虑，生财之路便打开了。苏协民夫妇从商场中学经商，便向美国大百货公司学习雇用人员的做法，用高薪聘请外国推销员。苏协民说："要做外国人的生意，一定要利用外国人去推销。"苏氏公司在加州雇用的一个推销员，月佣金就是一万元。他们舍得出高薪，这样就留住了好的推销员，使公司生产的新产品能顺利卖出去。

国际珠宝市场的竞争，有时是吓人的。为了倾销产品，有的华人商家削价亏本出售，牺牲利润拼生意。外国商人用这样的话来形容："一群中国人好应付，一个中国人难对付。"论手艺，中国人在犹太人之上，无论是木刻或石雕，都玲珑剔透，人见人爱。100年来，犹太人大多数从事珠宝业，他们之所以成就远在中国人之上，一个重要的原因就是他们犹太人之间互相联络，相互照应。而华人商家却削价竞争，互相残杀。有一年，台湾"帝王石"大畅销，市场看好。于是乎，台湾的所有珠宝厂家一窝蜂地赶做"帝王石"，一下子存货400万条卖不出去，开卖价钱48元台币一条，后来12元一条也卖，而一条成本却要29元台币。这样在商场上自相残杀，结果华商皆大亏本。苏协民夫妇为使华人同业互保，便和夏抗生夫妇等有识之士奔走联络，疾呼华人在珠宝行业团结共保，遂于1987年11月24日在纽约成立美国唯一全国性的"美国华人珠宝商会"，苏协民被推举为该会理事长，确定该会宗旨是："辅导华人投入珠宝业，团结众人力量，共保权益；协助会员打开市场，开创新局，并联合全球各地珠宝商共同推动珠宝贸易国际化。"该会还出版会刊，指导珠宝贸易。苏夫人魏文华还把自己多年来对珠宝市场的考察，写成《美国珠宝零售市场的剖析及未来的展望》一文，在该会会刊上公开发表。

苏协民经商获利发迹，又加入美国共和党，通过参政为华人争取权益。1976年，投身于珠宝市场只两年的苏协民开始有了盈利，这年恰逢福特（共和党）总统竞选连任，苏协民立即以当年的大部分盈利来支持共和党竞选，这赢得了共和党内的一致赞扬。1976年12月17日，福特总统亲笔写信给苏协民致谢。写道："亲爱的苏协民先生：在假期的季节里，应该特别感谢你对共和党全国委员会给予的热烈和慷慨的支持！……"

苏协民对里根竞选总统和在总统任内的公务也给予热情的支持。里根夫人南希·里根于1986年11月26日给苏协民写了亲笔信："里根和我一样，感到我们在国内外所取得的大部分成绩是由于得到你、共和党全国中央主席以及共和党全国委员会的支持和鼓励。总统和我及所有美国人都深深感激你对我们的慷慨大方，尤其是你的承诺，将允许里根在他最后的这两年任期里，为我们的国家，使他的梦想成为现实……"

美国卸任总统布什曾和苏协民聚会合影，也常和他有书信来往。

苏协民能在美国政坛上与三任总统交往，这唤起人们对美籍华人历史的回忆：早在1785年，华工就来到美国参加开发和建设，但直到20世纪60年代，才有个别华人得以在美国参政。而今，美国华人在政治上的地位比起他们在其他领域所取得的巨大成就，仍然很不对称。苏协民认识到华人作为美国的少数民众，如果在政治舞台上没有地位，势必在经济上、生活上不如他人。他说，美籍华人必须摒弃传统文化的负面影响，不断自我认识，自我更新，积极主动参政，走入主流社会，才可以保障华人后代在美国的公平地位和事业发展。苏协民在这条道路上作了成功的跋涉。

1986 年 11 月，苏协民和美籍华人名流吴仙标、陈香梅、杨振宁等40 多人，在密苏里州圣路易斯市举行了一次会议，专门讨论如何通过政治途径，切实争取美籍华人的权利。1987 年 1 月 6 日，苏协民又会同1000 多名美籍华人代表，联合签名发表了《美国华裔公民 1988 年大选宣言》（以下简称《宣言》），呼吁全体美国华人团结一致，为争取自身和后代的利益而斗争。《宣言》严正要求：1988 年每一个竞选美国总统的人，必须承诺在当选之后，任命合格的华裔公民出任联邦政府司法及行政部门的适当职务。否则，华裔公民将不提供助选经费。这一《宣言》的发表，标志着美国华人参政已由个人分散的活动进入联合行动的新阶段。

在 1988 年美国的大选中，美国华人为吴仙标竞选政坛开展了大规模的助选活动。尽管苏协民与身为民主党员的吴仙标不同党派，但他为吴仙标的竞选而积极活动。虽然吴仙标问鼎国会失利，但华人为他助选，说明华人社团开始打破政治倾向和行业、阶层界限，增强了美籍华人的共聚力量。

苏协民现任美国共和党中央族裔财政委员会主席，共和党亚裔总部第一副主席（主席为著名社会活动家陈香梅女士），美国参议院、众议院议员，美国华侨出入口商会理事长，美国华人珠宝商会理事长，纽约苏氏有限公司董事长，是一位闻名政坛、商界的美籍华人。但他的血管里流淌着炎黄的血液，是中华民族的后裔。

苏协民于 1938 年出生于福建省漳州市平和县坂仔乡。1963 年移居香港，进香港大学学医。他虽在异国他乡，总认为"枝繁叶茂根是本"，所以他无论走到哪里，都对生他、养他、教育他的华夏故土充满着眷恋之情。1985 年 11 月，他偕夫人魏文华回到故乡平和县，也回到魏文华的故乡漳州。面对着家乡亲人热情的接待，苏协民感动地说："协民在美国时大小人物和大场面见过不少，却没有像这次回乡所得到的亲切感。"他对自己的母校育英小学尤其是怀有深情。当他参观母校时表示："要尽校友的一份力量。"遂捐资 15000 元兴建育英楼，并出资设立了"苏协民奖学金基金会"，以资助给品学兼优和家境贫困的学生。

苏协民还为自己出生的故乡坂仔乡民主村的民主小学捐资 5000 港元。苏夫人魏文华在探望母校漳州第三中学时，也慷慨捐资用以助学。苏先生还购赠一辆救护车给平和县医院（其前身是苏协民父亲苏达明为院长的救世医院）。当他得悉家乡要为国际笔会副会长、著名文学家林语堂先生修建林语堂纪念楼，又慷慨予以资助。苏协民热心献出的不只是金钱资财，更是他浓浓的一腔桑梓情。诚如他自己所说："溯祖追源孝为先嘛！"这正是一位中华传人海外赤子的心声。

"不论我在什么地方，我都是炎黄子孙"

——记新加坡华人艺术家陈瑞献

张建立

　　"我迷离模糊地仿佛回到了几百年前的欧洲的文艺复兴时代。那时候，正如众所周知的，出了一些全面的、多才多艺的、几乎无所不包的（universal）人才。我面对的陈瑞献先生就近乎这样的人……他代表着东西文化发展的未来。"

　　这是我国学界泰斗季羡林对新加坡华人艺术家陈瑞献的评价。这样的评价大概让许多中国的艺术家称羡不已。听说我要去新加坡，我在文化界的朋友径直告诉我：要去新加坡，你一定要争取拜访陈瑞献！这不禁大大增加了我对陈瑞献先生的好奇之心。

　　承庄升俦先生的热情引荐，在新加坡著名的松林俱乐部，我见到了陈瑞献先生，对他做了两小时的访谈，又去参观了他在古楼画室的工作间。他那天真谦和的笑脸、幽深明澈的双眸、充满智慧的谈吐，都给我留下了深刻的印象。回家后捧读他赠送的一大堆出版物：他的诗集、小说集、纸刻作品集、画册……渐渐明白，季羡林先生对他的评价，相对于他在艺术界的成就来说，一点也不为过。

"他是当代亚洲艺术界一个真正的奇迹" ——余秋雨

20 世纪 60 年代，文坛新人牧羚奴的诗歌与小说以石破天惊的气势横空出世，使刚刚起步的新加坡现代文学迅速达到一个令人瞩目的高峰。牧羚奴就是陈瑞献。1968 年，他的第一本诗集《巨人》出版；1969 年，《牧羚奴小说集》出版。当时的新马文坛上，喜欢文学的青年无不争相捧读陈瑞献的作品。

当人们翘首期待的时候，陈瑞献已悄然转身，沉醉于中国画的墨彩与西方画的颜料。1973 年，陈瑞献在新加坡国家图书馆举办了他的第一个个人画展"冥想画展"。展出的数十幅作品充满了奇异的想象与绚丽的色彩，观者无不为之惊叹。这一年，他还应邀访法，会晤了诗人米梭、画家赵无极与雕塑家史克力夫，与诸位艺术大师进行了多方面切磋。

正当他的艺术成就如日中天的时候，这一年刚刚 30 岁的陈瑞献毅然停止了绘画与写作，转向内心的静思。在长达四年的时间里，他除了完成那份借以养家糊口的法国驻新加坡大使馆新闻秘书的工作和翻译少量东西方的哲学著作之外，业余时间便是静坐，每天长达几小时的静坐。他静坐的目的是要让自己的心完全地平静下来，在平静里获得自由。自由的心灵不受任何外部条件的限制，这时才是最具有创造力的时刻。

四年的沉寂与沉思默想成了他人生与艺术的分水岭。1977 年，陈瑞献重新拿起了画笔。在接下来的两年里，他应法国政府之邀访问了巴黎蓬皮杜艺术中心及其他美术博物馆，并分别在大溪地的高更纪念馆和法国百德内画廊举行了个人画展。1979 年，法国政府为奖励他在艺术上的成就，授予他一枚骑士级文学与艺术奖章。接着于 1982 年，他受法国政府的邀请，在巴黎小桥画廊举行了个人画展。这次展出的 30 幅中国水墨画、20 幅纸刻、10 幅书法和 30 幅篆刻，集中代表了他这一时期的创作风貌和水平。个展在巴黎引起了轰动性的反响。陈瑞献的水墨画不论是在题材上还是在画风上，都对传统作了大胆的突破。他一反中国传统水墨画惯用的花鸟山水题材，将废墟、裸女等充满现代感的题材加进去；并打破传统水墨画只用毛笔的局限，大胆地用排笔、油刷等工具表现他独到的创意。纸刻艺术作品更是他的独创。他在一般美工所用的黑色纸板上，一刀一刀地刻下去，以黑白相间的简单色彩与线条来表现瑰丽的想象与深邃的思想。他的书法与篆刻也让人叹为观止。1985 年，他以水墨画《山鹰》获法国艺术家沙龙颁发的金质奖章。

也是在 1977 年，他同样恢复了写作。这时期的作品，比起前一时期的绚丽诡谲，更多了一些对生活与生存意义的理解与感悟。比如在梁广明主持的《咖啡座》里撰写的幽默小品和一些短小的寓言，就是他在生活里的体验及感悟。此后，他又陆续出版了《陈瑞献文集》、《陈瑞献诗》、《陈瑞献诗集（1964—1991）》、《陈瑞献寓言》、《陈瑞献小说集》等作品。1993 年，中国长江文艺出版社出版了五卷本、100 多万字的《陈瑞献选集》，1999 年，中国文联出版社出版了《蜂鸟飞——陈瑞献选集》，使中国读者通过这些作品走进他的艺术世界。

他的艺术探索绝不仅仅停留于有限的领域。他曾以蜂鸟自比。蜂鸟是南美洲一种很小的鸟，但却可以从一点向任意方向自由飞翔，甚至可以像直升机一样整个停留在半空中，或者是倒飞。在艺术的领域，陈瑞献也像一只不倦的蜂鸟，在不同的领域不断开始新的尝试。1989 年，他参加了在日本福冈设立的亚洲版画工作坊，很快创作出一批美轮美奂的版画精品。他工于雕塑，为母校新加坡华侨中学 80 周年大庆而创作的大型铜塑《天下之马》，已成为华中校园一道亮丽的风景。他也涉足服装设计与舞台表演艺术，曾为吴丽娟编舞的《女娲》设计舞台服装、面具、布景、道具；为由他的诗作《冰魂》改编的舞剧设计服装、道具……

艺术上的成就给他带来了巨大的声誉。1987 年，他入选法兰西艺术院驻外院士。他是 300 年来入选的三位亚洲人之一，也是历来所有院士中最年轻的一位。同一年，获得了新加坡政府颁发的文化奖章。1988 年，获新加坡印度纯美术协会艺术瑰宝奖。1989 年，获法国国家功绩勋章。1998 年，获新加坡文艺协会新华文学奖……

1993 年，新加坡收藏家陈典琦先生斥巨资设立了陈瑞献艺术馆。这是新加坡第一座个人艺术馆。陈典琦先生在谈到设立陈瑞献艺术馆的缘起时，曾就陈瑞献的艺术成就评论说："长久以来，他创作的多样性，独创性，个性与生命力，像钻石的多面，夺目而难窥其全貌。……由智者之见远引而来的启示，让我警觉为一位在世却已传世者立艺术馆，为历史存实录，展示作品与文献，使瑞献的真面目、真精神，巍巍然永存，让创造历史者自撰历史，让瑞献的历史，归还历史本身。实在是一件刻不容缓的事。……陈瑞献将让世人认识物质建设之外的新加坡。"在某种意义上，陈瑞献被看作新加坡文化的象征。

"他是东方青年的楷模，杰出的炎黄子孙。"——吴冠中

"艺术家像一棵树，如果要健康生长，他的根必须深入母族文化的源流与传统去吸取营养，枝叶则向四方八面伸展去吸取新鲜空气、雨水以及阳光。"

这是陈瑞献接受罗马尼亚记者访问时说的话，也是他的肺腑之言。祖籍中国福建南安的陈瑞献，出生在印尼，受教育在新加坡，从事的是

外国使馆新闻秘书的工作，但他一直把中国当作文化精神上的祖国。在他成长的漫长岁月里，那个遥远的有着5000年文明历史的中国一直是他灵魂的故乡。当他终于拿到赴中国旅游的签证时，便迫不及待地踏上了返乡之途。他到了北京，游了长城，登了泰山，见了黄河……昔日仅仅能在书本上领略到的种种切切，现在都一一展现在他的面前了，他怎能不感动！他这样描述自己的心情："我的感动是无法形容的，跟我一样感动的还有我那已逝世的父母。不论我在什么地方，我都是炎黄子孙。"

陈瑞献来到了三峡。三峡给他的震撼用他的话说，是除了下跪，再不能做别的。"人烟起炊于江河。原野茂而丝袂飘谣歌可闻。人观夜窗，惊见星空之眩目，复灯明图腾符号以惑众……"几年之后，当三峡刻石活动的组织者收到陈瑞献这篇为"世界华人画家三峡刻石记游"所作的仅396字的序文时，立即为它磅礴的气势所征服。在多篇特约作品中，"陈序"被选为三峡刻石景区唯一的大型碑文序。在西陵峡峡口天柱山麓，沿环形崖壁向西，顺一条蜿蜒小径而下，便是三峡著名的景点"一线天"。"一线天"南北对峙的两面陡壁上，雕刻着138位海内外当代著名国画家的书画作品。在"一线天"的入口处，竖立着由三块巨石组成的三峡刻石序言石碑。石碑上刻写的便是陈瑞献那篇大气磅礴的序言。现在，这座位于长江西陵峡口石门的现代刻石艺术馆已成为三峡景区一处永久的人文景观。

进入位于北京北郊的中国现代文学馆的大门，正门大厅左右耸立着一对巨大的艺术花瓶。这对高3米，重约1吨的青瓷花瓶即是由陈瑞献担任美术设计和绘画。花瓶全部用手工制作，在中国瓷都景德镇烧制。瓶身上有数千名中国作家的签名，瓶颈、瓶底以及中段取屈原《离骚》、但丁《神曲》中描绘的秋兰和香草图案做佩饰。由于其工艺的独创性、复杂性和不可复制性，这对瓷瓶被瓷艺界称为孤品。它也被称作中国现代文学馆的"一绝"，成为文学馆永久收藏的艺术珍品。

追寻着中华文明的史迹，陈瑞献慕名来到陕西黄陵。这是中华民族的人文始祖轩辕黄帝的长眠之地，自明朝以来，每年都要在这里举行祭祀典礼。这里成了中华民族五千年文明和统一的象征，是普天下炎黄子孙心中的圣地。尤其是海外的华人，他们往往千方百计来到这里，仿佛只有拜谒和祭奠过中华民族的始祖，游子的心才算找到了皈依。当陈瑞献来到这里，跪拜过华夏先祖之后，他的内心仍久久不能平静。作为海外的游子，他必须做点什么，才无愧于祖先。历代文人墨客来这里瞻仰、拜祭之后，都会想立碑留迹，抒发对始祖黄帝的敬仰之情。而陈瑞献要做一件大事，来抒发他内心巨大的震撼和感激之情。他来到泰山，精心挑选了一块重达 15 吨的巨石，千里迢迢运到黄陵，刻上祭文，在世纪之交的庚辰年农历二月初二轩辕黄帝诞辰日这一天，敬献在黄帝的陵墓前。

陈瑞献的大手笔还在后面。2001 年 5 月 25 日，"一切智园——陈瑞献大地艺术馆"在青岛小珠山风景区举行了开工典礼。艺术馆占地两平方千米，由陈瑞献担任艺术主创。一期工程由新加坡著名实业家庄升俦先生投资人民币 1000 万元，总投资 5000 万元。在开工典礼上，陈瑞献与青岛市副市长共同为大地艺术馆奠基，为开工典礼栽种的纪念雪松浇灌了专程从黄河源头运来的长江黄河源头之水，培上了轩辕黄帝陵的黄土。艺术馆将依小珠山山形地貌变化，采用石头、塑料、钢铁、铸铜等材料，运用摩崖石刻、雕塑等艺术手法来再现千年来影响人类历史进程的爱因斯坦、爱迪生等科技文化巨匠的肖像，将文化旅游与生态旅游融为一体。

陈瑞献所做的一切，都是基于他作为一个炎黄子孙的赤子情怀。正如了解他的著名艺术大师吴冠中所赞誉的："他是东方青年的楷模，杰出的炎黄子孙。"

"人必须是自己生命的大导，选择场景，安排角色，开展情节，都在指掌之中。"——陈瑞献

现年58岁的陈瑞献已经是国际艺术界的巨擘。他的头上有多项艺术的桂冠。他得到的任何一项荣誉，对于一般的艺术家来说，也许是终生追求的目标。在外人看来，似乎是命运之神对他格外关爱。其实了解了他的成长历程后便会明白，他并不是格外幸运，他所有借以成长的养分，都是自己争取来的。他是自己生命的大导。

1943年，陈瑞献出生在印尼苏门答腊一个在地图上找不到的小岛：哈浪岛。他的父亲像大多数闯南洋的中国人一样，怀着梦想离开福建南安的故乡来到这里，以捕鱼为生。父亲决心让自己的儿子受良好的教育，从小将他送到新加坡上学。陈瑞献在新加坡从小学一直读到大学毕业。

父亲本来是期望他学成后帮自己管理实业的，可是陈瑞献却迷恋上了文字与绘画。他最初的文字训练开始于写家信，这使他对文字语言产生了浓厚兴趣。在由陈嘉庚倡办的华侨中学，他受到了良好的中国传统文化的熏陶。中学时的陈瑞献并不是一个好学生，他逃课、作弊、数学考零蛋，但是他受到了几位国文老师极大的宽容甚至是包庇，因为他们知道，他们的学生陈瑞献绝对当不了科学家、数学家，但肯定当得了作家和艺术家。正是在中学的国文课堂上，他对源远流长的汉语言文学产生了神圣的向往。在国文老师那深沉有力的解析《哀郢》的声音里，他悄悄开始了文学创作生涯。华中毕业后，他考入南洋大学现代语言文学系，主修英文与英国文学。这又使他系统地接触、了解了西方艺术与哲

学。他像一株生命力极强的大树，努力向四周伸展着枝叶，吸收着来自各方的养分，枝繁叶茂是必然的事情。还在学生时代，他已是小有名气的诗人了。不到 30 岁，他已是当时新马文坛上风头颇健的人物，可是这时他毅然中断了写作与绘画，转入禅静。四年之后复出，他展现给世人的是一个更加充盈丰满的艺术世界。

到八九十年代，随着他的声誉日隆，他是完全可以当一个专职画家的，只凭卖画就可以供一家人过很好的生活。但是他并没有那样，他继续从事着一份法国驻新加坡大使馆的全职工作。他说，如果他做一个专业画家，靠卖画为生，人家要他画什么，他便得画什么。而现在，他有一份维持生存的职业，他不喜欢的便可以不画。艺术是神圣的，只有在完全自由的状态下，才能创作出真正的作品。

现在，陈瑞献已经辞掉了法国大使馆的工作，他说这辞职也是为了自由。工作了几十年，他已经有了一些积蓄，靠积蓄可以维持生活，所以提前退休了。现在他自由自在，有时作画，有时唱歌，有时写诗，有时在公园里走好几千米的路。他把他家附近的一座公园称作自己的"秘园"，那里有鲜花、小鸟、猫狗，这些都是他的朋友。他背对大街而坐，身后是轰轰然一条永无止息的车流，而他听到的是大自然和谐的音乐——

在他居住的房屋的对面，是新加坡的一处"红灯区"。对面楼房的灯光，几乎是彻夜亮着，映照在他的窗前；对面进出的人群，几乎是彻夜不断。他便在这样的环境下，在楼下的大厅里，安然创作。问他：不曾想到搬走吗？回答：不曾。这里是他的祖屋，他的母亲选择在这里购屋，那时这里还没有这样发展，变成"红灯区"是后来的事情。他在这里长大。坚持住在这里是为了纪念他的父母。在他看来，人各有自己的生存方式，只要对面住的人是有分寸的邻居，彼此便可以相安无事，和平共处。在他母亲去世的时候，对面的小姐也来给母亲上香，他看作是很自然的事情，并不以为这是冒犯。

这便是陈瑞献，平静淡然地生存着。在宁静淡泊的心泉里，灵感涌动，化作灿烂的艺术之花在人世间绽放。

周颖南：商界奇才，文坛侠客

张建立

　　在国内早就听说新加坡有一位既是商界奇才又是文坛侠客的周颖南。作家莫言在报章上读到他的事迹后，即断定这是一位"可以与之喝上一杯烈酒的人"！并特意写了一篇散文《佛光》献给他。这样的一个奇人，我是早想认识认识的，想不到刚到新加坡竟意外地遇见了他。

　　在位于新加坡商业中心乌节路上的"老北京食堂"，我见到了身材不高但很有精神，且一脸敦厚的周颖南先生。他笑眯眯地与我握手，随之掏出两张名片递给我，一张是商业名片，上面是五六个董事主席的头衔：新加坡海洋纺织私人有限公司董事主席，同乐投资私人有限公司董事主席，同乐饮食业管理有限公司董事主席，同乐礼品公司董事主席，中国武汉新民众乐园有限公司董事主席等；一张是学术名片，上面密密麻麻地排列着十几个头衔：国际儒学联合会顾问，世界中国烹饪联合会顾问，中国国立华侨大学董事、客座教授，中国北京大学学报基金会副理事长，中国南开大学台湾研究所特约研究员，中国厦门大学中文系兼职教授，等等。我看着手中的名片，抬头望望眼前的长者，心中暗暗惊奇，一时无法把两张名片上的头衔与眼前这位慈祥的如邻家伯伯一样的老人联系在一起，心中却涌现出一种想了解周先生所经所历的强烈愿望。

几天后的一个上午，我在约定的时间推开位于 TiongBahru 中心大厦 14 层同乐公司总办事处的玻璃门，周先生已等在门厅，赤着双足，笑眯眯的。见我打量他的脚，周先生说，我喜欢这样自由自在。一句话，立即把我所有的拘谨打消了。走进周先生的办公室，只见四壁都是图书和字画，琳琅满目。很自然地，我们从他的藏书、藏画谈起。从他的叙述里，我听到了一个又一个动人的故事。而这些故事连缀起来的人生，可以称得上是充满了惊涛骇浪……

改变命运的两次选择

1950 年，21 岁的周颖南毅然舍家别妻，漂洋过海，沿着父亲当年的足迹，来到印度尼西亚的泗水。他要在这里靠着自己的双手，开创一番事业，彻底改变一家人贫困的生活现状。

在此之前，他已做了两年的小学训导主任和班主任。他是敬业的，他所教导的班级被公认为是模范班级。然而，小学教师微薄的收入甚至难以维持一家老小的温饱。想到自己小时候家中非常贫困，几乎辍学。只是因为小学成绩出色，在升初中时被学校特许豁免学费。后来又以优异的成绩考入学费、膳宿费全免的福建仙游师范学校，才得以继续完成学业。他不能让自己的子女生活依然艰辛，更不能让他们因为贫穷而上不起学——他立志闯荡南洋以改变一家人的命运。

初到印尼的生活是艰难的。周颖南白天在泗水的一家工厂当会计，晚上用来学习印尼语和工商业方面的知识，每天只能休息几个小时。他要在最短的时间内在印尼社会里立足。几年之后，为了寻找更广阔的发展空间，他转赴印尼政治、经济和文化中心的雅加达。同样是白天在一家汽车零件公司当会计，业余为另一家公司管理账目，还担任着夜校的义务教师，为当地迫切需要知识的华侨青年补习文化。

1955 年，在积累了一定经验和资金之后，周颖南与几位朋友合作组建了一家公司——同丰贸易公司，专门经销欧美各国的汽车零件。在他和同事们的辛勤打理下，公司业务蒸蒸日上。但是，他并未被事业一时的进展顺利而冲昏头脑，而是冷静地预见到了繁荣背后的危机：汽车零件销售业的红火预示着市场趋于饱和，饱和意味着停滞与衰落。于是，他毅然转向在商业活动中日见重要的金融保险业。先是与朋友合资经营独立保险公司，后又与朋友接管了在印尼有着悠久历史的梭罗银行。在他的主导下银行迅速增资改组，扩大经营，除了在雅加达的银行总部外，很快又在雅加达、泗水、玛琅设立分部，使得银行声誉迅速上升，业务日益扩展。除此之外，他们还创办了彗星收音机装配厂，南熏贸易公司等。到 20 世纪 70 年代初期，梭罗银行又与繁荣银行合并，发展为大亚银行，业务也进一步拓展。

经过近 20 年的艰苦奋斗，周颖南已成为印尼工商界颇有影响的成功人士。这时，刚刚独立不久的邻国新加坡吸引了他的目光。这是一个拥有得天独厚的优越地理位置和优越自然环境的岛国，有着无限的发展前景。尤其它实行的招商引资优惠政策更让周颖南看到了机遇。1970年，他毅然做出了一生中第二次重大的选择：举家移居新加坡。

踏上这个新兴岛国的周颖南已不是当初远离故国时那个除了一番雄心外两手空空的年轻人。这时的他有着丰富的经验，积累了一定的资产。在新加坡这块充满希望的土地上，他踌躇满志，准备大干一番事业。他先是投资国际纱厂有限公司，任董事、副经理，接着又与友人联合创办联洲油脂工业有限公司，任董事兼总经理。正当他的事业在稳稳地起步时，发生了一件震惊新、马的绑架案。

那是 1972 年 3 月的一个傍晚，一伙持枪歹徒闯进他家绑架了他，向他的家人索要 50 万元的赎金。他在贼窟里被关了九天。在此期间，他巧妙地与绑匪周旋。他向绑匪们讲述了自己几乎上不起学的童年，为生活所迫远离故土，20 年在印尼的艰苦创业，抚养五个子女的艰辛……所以他的家人付不出那么多的赎金。他表示，绑匪们的行为他理解，如果不是被逼无奈，他们也不会走这条路。他的一番话竟把绑匪感动得一个个流下忏悔的泪，并称呼他"大哥"，表示今后要好好做人。最后，赎金降到 5 万元。绑匪们还表示，这 5 万元算是借他的，将来赚了钱要还给"大哥"。一名绑匪并拿出一张一元的钞票，一分为二，交给周颖南半张，自己留半张，作为证物。

新加坡警方记下了赎金钞票的全部号码。周颖南被放回家不久，五名参与绑架的歹徒全部落网，法院判处五人死刑。在法庭上，周颖南要求发言。他说，五名罪犯已有悔改之意，请给他们一个改过自新的机会。他拿出半张钞票为证，罪犯也当庭拿出另外半张。于是，五名绑匪被当庭改判无期徒刑。舆论一片哗然。周颖南和他的家人在恐怖中度过了九天，付出的 5 万元赎金几乎被绑匪们挥霍一空。在经受了如此巨大的精神与物质损失之后，他却以德报怨促成了改判，这该需要多么宽广的胸怀！

周颖南在这一事件里所表现出的善良、诚信、宽容为他赢得了良好的声誉，进而促进他的事业更加蒸蒸日上。他看准时机，再与友人合资创办海洋纺织厂、染整厂与制衣厂，后又发展成为以生产出口产品为主的海洋纺织私人有限公司，他并出任公司的董事主席。有了他掌舵，在风云变幻的国际纺织业市场竞争中，海洋纺织有限公司稳步向前发展，1998 年和 1999 年连获"新加坡 50 家杰出企业"荣誉。

进入 20 世纪 80 年代，新加坡已发展成为亚洲经济金融中心的国际性大都会，旅游业兴旺发达。周颖南预见到餐饮业必然是一个有着充分发展潜力的产业，他开始把投资重点转向这一领域。1980 年，他开了第一家餐厅：湘园酒楼，从此一发而不可收：同乐酒家、楼外楼酒家、百乐吉祥酒家、灵芝素食馆、金玉满堂酒家、老北京食堂、毛家餐厅……十几家餐馆陆续开张，如今，已发展成为在新加坡和印尼雅加达拥有近 20 家酒楼的同乐饮食业集团，集团所属餐厅、餐馆几乎包括了中国各主要菜系的精品佳肴，兼及东南亚、日本的诸多美味。2001 年 3 月，同乐饮食业集团在新加坡股票交易所成功挂牌上市，同乐集团展现出更加广阔的发展前景。

因在中华饮食发展方面做出的突出贡献，周颖南先后被聘为新加坡酒楼餐馆业公会会长、顾问，世界中国烹饪联合会副会长，中国饮食文化博览馆名誉馆长，中国《东方美食》杂志特别顾问，世界中国烹联、中国烹协机关刊物《餐饮世界》顾问等，并被新加坡传媒机构授予"金鼎奖"荣誉奖。

绚烂多彩的艺术人生

与其说周颖南是个商人，不如说他是个文人。从小对文学的痴情，使他在半个世纪繁忙的商业活动之余，笔耕不辍，先后创作出数百万字的文学作品，分别收入《迎春夜话》《颖南选集》《周颖南文集》《南国声华》《南国情思》《映华楼随笔》《漪澜盛会》等作品集出版，在海内外产生广泛影响。中国现代文学馆创建的第一个海外华文作家文库即"周颖南文库"。

还是在初中时代，周颖南就开始尝试文学创作。十多岁时，就在家乡报纸上发表了不少诗歌、散文和短篇小说，并曾在一家报纸上主编

《生机》副刊。20 世纪 50 年代到印尼后，尽管最初生计艰难，他仍在业余时间坚持创作。20 世纪 60 年代，雅加达《火炬报》创刊，周颖南无条件地兼任了该报的特约记者。他不要薪水，不要稿酬，开着自己的车到处采访。《潮音花语满人间——访中国佛教代表团团长赵朴初》《沐浴在战斗友谊的海洋里——写在周恩来总理的告别宴会上》《火树银花不夜天——庆祝亚非会议十周年狂欢之夜》《李宗仁先生毅然回国是历史发展的必然规律》等有分量的新闻作品发表后，引起社会广泛的关注。20 世纪 70 年代移居新加坡之后，他结识了不少新加坡文化、艺术界的名家，视野更加开阔，在繁忙的商务活动之余，进入了一个创作的新时期，他的创作扩展到散文、书画评介、人物介绍、文艺理论等多个方面。《迎春夜话》《槟城纪行》等散文，成为他这一时期的杰作。1993 年，中国文联、中国作协、中国社科院文研所、中国现代文学馆联合在北京举办了"周颖南从事文学创作 40 周年作品研讨会"。1994 年，厦门市东南亚华文文学研究会、厦门大学东南亚华文文学研究中心在厦门大学举办了"东南亚当代华文文学暨周颖南创作研讨会"。

近年来，随着他旗下公司经营业务的转移，他又对中国饮食文化的研究产生了浓厚兴趣，先后撰写了《中国饮食文化的回顾与前瞻》《中国饮食文化的里程碑》《中国饮食文化在国际上面对的挑战》《中国饮食文化传统与现实的冲击》等系列文章，在饮食文化研究界产生了重要影响。

最为人们称道的是周颖南与中国现代许多文艺大家如俞平伯、丰子恺、刘海粟、叶圣陶、巴金、冰心等的深厚友情。

在中国处于"文化大革命"期间的 1972 年，周颖南冒险回到中国大陆，从家乡转道上海，拜访了丰子恺、刘海粟两位大师。当他来到丰子恺家，眼前的情景让他不能相信：这样的一个文学大师，竟是家徒四壁，这是几次抄家的结果。周颖南挥泪而去。离广州之前，除了身上穿的衣服之外，他把带来的所有衣服全部打包邮寄给丰子恺。从此与丰先生书信往来不断，给处于逆境中的丰先生以精神上的关怀与鼓励。他把刘海粟先生一家请到了他下榻的华侨饭店，点了满桌子的鸡、鸭、鱼、虾，让刘海粟一家饱餐一顿。在那个买什么东西都要凭票的短缺经济年代里，此举蕴含着的关爱和友情远远超过了它的物质价值，使刘海粟先生为他的真诚所深深感动。后来，周颖南又出资在海外出版了《海粟大师山水小景》《海粟大师近作》等画册，让更多的人欣赏到大师的艺术杰作。他还将与刘海粟先生的通信编辑成《大师华翰——刘海粟周颖南通信集》出版。

他与叶圣陶的交往更是一段文坛佳话。他们自 1978 年开始通信，到 1984 年的 7 年里，来往信件达二百五六十件。1987 年，叶老不幸逝世，周颖南在电话里得知消息后，马上自新加坡飞来北京，参加了叶老的追悼会。后来，周颖南将他与叶老的通信整理成《叶圣陶周颖南通信集》出版，作为这一段友谊的纪念。

经叶圣陶先生的介绍，周颖南开始与俞平伯先生通信，后来并正式拜俞平伯为师。此后每年春节清晨 7~8 时，周颖南都会准时自新加坡打来电话，向老师恭贺新春。1978—1989 年的 11 年间，师生间的 302封通信后来也由周颖南整理成《俞平伯周颖南通信集》出版。这些通信集的出版，不仅是友谊的纪念，更是非常宝贵的文化史料，对研究这些大师的生平与创作具有很高的价值。除此之外，他还资助一些中国的艺术家出版了不少作品。对此，他很诚恳地说："人生一世，既要学会挣钱，也要懂得支配钱。花钱出版一些高品位的文艺书籍，丰富人们的精神文化活动，那是很值得的。"

他酷爱收藏书画，一生的收藏不计其数。这其中有些是他高价收购来的，更多的是大师亲赠。先生告诉我，有拍卖公司看中了他的藏品，出底价几千万美元要拿去拍卖，被他坚决拒绝。他认为，这些人类艺术的瑰宝，只是暂时由他保存，在他有生之年，他要为自己的藏品寻找一个归宿——一定是对公众开放的艺术馆、博物馆之类，让更多的人有机会欣赏到。找到这样的地方，他便把自己的珍藏全部捐献，而不是由个人藏于深宅，只供少数人欣赏。这是他最大的心愿。

忠诚炽热的赤子情怀

周先生告诉我，自 1990 年开始，到 2001 年 5 月，他回中国大陆整整 50 次。"我把中国当自己的家了，要是选孝子的话，我大概可以获得提名了。"

自 1950 年出国，在海外生活了 50 余年，他是无时无刻不关注着祖国的发展。祖国的每一点进步、每一点成就都令他感到欢欣鼓舞。20 世纪六七十年代，他无法回国，便利用手中的笔，抒发自己的爱国情怀。1952 年，他在雅加达的报刊上发表《庆祝中华人民共和国建国三周年》；祖国十年大庆，他又激动地创作并发表了长诗《祖国颂歌》，抒发自己对祖国的热爱。

中国改革开放以来，他更是自觉地充当起中新文化交流的使者。他在新加坡的酒楼成了著名的"中国驿站"。每每有中国的作家、诗人、代表团到访新加坡，他只要知道消息，必定在他的餐馆设宴招待。他的酒楼是传播中华传统饮食文化的载体。并非常重视与中国大陆同行的交流，多次邀请中国各路名厨，到新加坡献技传艺，将中华传统美食的精彩绝艺一一展现在世界人民的面前。

他不仅竭尽全力地在海外宣扬、传播中国文化，还为祖国的经济、文化发展慷慨资助、尽力贡献。1994 年，为了开发河北涿鹿黄帝城旧址，他带头捐资 100 万元人民币，成为海外华人第一发起人。如今，在这块当年黄帝和蚩尤大战的土地上建起的"三祖堂"，已成为海内外炎黄子孙寻根问祖的圣殿，成为中华民族大团结的象征。他还捐资泽及炎黄子孙的中国"希望工程"，建起一座以他的名字命名的"颖南小学"，使一批又一批渴望读书的儿童实现了梦想；有关部门推出旨在培养文艺人才的"朝霞工程"，他即提出独立资助五名有着文艺天赋的儿童，让他们有条件充分发展艺术的天赋。在周颖南看来，金钱的价值不在于占有而在于使用。他常说："人生岁月有限，荣华富贵犹如过眼烟云，人生最可贵的，还是多做有益于世的事。"

图书在版编目（CIP）数据

海外儿女赤子情／刘未鸣，韩淑芳主编．—北京：
中国文史出版社，2019.6
　（纵横精华．第四辑）
　ISBN 978 - 7 - 5205 - 1385 - 2

　Ⅰ. ①海… Ⅱ. ①刘… ②韩… Ⅲ. ①纪实文学—作
品集—中国—当代 Ⅳ. ①I25

中国版本图书馆 CIP 数据核字（2019）第 228631 号

责任编辑：金硕　胡福星

出版发行：**中国文史出版社**

社　　址：北京市海淀区西八里庄 69 号院　　邮编：100142
电　　话：010 - 81136606　81136602　81136603　81136605（发行部）
传　　真：010 - 81136655
印　　装：北京新华印刷有限公司
经　　销：全国新华书店
开　　本：787×1092　1/16
印　　张：13.25
字　　数：168 千字
版　　次：2020 年 1 月北京第 1 版
印　　次：2020 年 1 月第 1 次印刷
定　　价：39.00 元